생명의 한 형태

아멜리 노통브 소설 | 허지은 옮김

문학세계사

옮긴이 · 허지은
연세대학교 졸업. 프랑스 파리 라 빌레트 국립건축학교에서 유학.
현재 전문 번역가로 활동하고 있음.
번역한 책으로는 『줄리아의 즐거운 인생』 『인생벌레 이야기』
『위로』 『손을 씻자』 『롱기누스의 창』 『초콜릿을 만드는 여인들』
『왕자의 특권』 『겨울 여행』 『아름다운 하루』 등이 있음.

생명의 한 형태
아멜리 노통브 지음

•

초판 1쇄 발행일 2011년 6월 28일

•

옮긴이 · 허지은
펴낸이 · 김종해
펴낸곳 · 문학세계사

•

주소 · 서울시 마포구 신수동 345-5(121-110)
대표전화 · 702-1800 | 팩시밀리 · 702-0084
mail@msp21.co.kr | www.msp21.co.kr
트위터 @munse_books
출판등록 · 제21-108호(1979.5.16)
값 10,000원

ISBN 978-89-7075-513-7   03860
ⓒ 문학세계사, 2011

Une forme de vie

Amélie Nothomb

Une forme de vie
by
Amélie Nothomb

Copyright © Editions Albin Michel - Paris 2010
Korean Translation Copyright © Munhak Segye-sa 2011
All rights reserved.
This edition published by arrangement with
Editions Albin Michel through Shin Won Agency Co.

이 책의 한국어판 저작권은 신원 에이전시를 통해
저작권자와 독점 계약한 문학세계사가 소유합니다.
저작권법에 의해 한국 내에서 보호를 받는 저작물이므로
무단 전재 및 무단 복제, 전자출판 등을 금합니다.

오늘 아침, 나는 새로운 유형의 편지를 받았다.

친애하는 아멜리 노통브,

나는 미군 이등병입니다. 이름은 멜빈 매플, 그냥 멜이라고 불러주세요. 이 좆 같은 전쟁이 시작되었을 때부터 나는 바그다드에 배치되어 6년이 넘게 주둔하고 있습니다. 내가 당신에게 편지를 쓰는 이유는, 내가 개같이 비참한 삶을 살고 있기 때문입니다. 나는 약간의 이해가 필요합니다. 그리고 당신, 당신이라면 나를 이해하리라는 걸 나는 잘 알고 있습니다.
내게 답장을 해 주세요. 조만간 당신의 편지를 읽

게 되길 기대합니다.
 2008년 12월 18일 바그다드에서
 멜빈 매플

 처음에는 그냥 장난 편지라고 생각했다. 멜빈 매플이라는 사람이 진짜로 존재한다고 쳐도, 과연 그가 이런 편지를 써 보낼 수 있을까? 엄연히 군 검역관이 있어서 '전쟁'이라는 단어 앞에 붙은 '좆 같은'이란 말을 통과시켰을 리가 없을 텐데?
 나는 편지를 자세히 살펴보았다. 만약 이 편지가 가짜라면 소인에서 눈치챌 수 있으리라. 편지에는 미국 우표가 한 장 붙어 있었고 이라크의 소인이 찍혀 있었다. 무엇보다 진짜 같아 보이는 것은 글씨체였다. 수준 낮고 단순하며 상투적인, 내가 미국에서 살던 때에 참 많이도 보아 왔던 미국식 글씨체. 그리고 반박이 불가능할 정도로 당당한 이 직설적인 어투라니.
 편지가 진짜라는 점에 대한 의심의 여지가 없어지자, 이번에는 메시지의 터무니없는 측면이 나를 충격에 빠뜨렸다. 초반부터 이 전쟁 속에서 살아온 미군 병사 한 사람이 '개같이 비참하게' 지내고 있다는 사실이야 놀라울 게 없다고 치더라도, 그 군인이 내게 편지를 썼다는 사실은 굉장한 일이 아닌가.

나에 관해서는 어떻게 알게 되었을까? 내 소설들 중에서 몇 권이 영어로 번역되었고 미국에서 5년쯤 전에 비교적 조용한 반응을 불러일으키긴 했지만. 물론 벨기에나 프랑스의 군인들로부터 한 무더기의 편지가 오곤 했다. 대부분 사인이 들어간 나의 사진을 보내달라는 편지들이었다. 그러나 이라크에 주둔하고 있는 미군 이등병이라니, 이건 내 이해의 한계를 넘는 것이었다.

내가 누구인지는 알고 있는 걸까? 봉투 위에 정확하게 적힌 내 편집자의 주소 외에는 그가 나를 알고 있다는 사실을 증명할 만한 것이 전혀 없었다. "나는 약간의 이해가 필요합니다. 그리고 당신, 당신이라면 나를 이해하리라는 것을 나는 잘 알고 있습니다." 내가 자기를 이해하리라는 것을 대체 어떻게 안다는 말인가? 그가 내 책들을 읽었다고 치자. 그렇다면 내 글이 인간에 대한 이해와 연민의 가장 명백한 증거라는 소리인가? 나를 전쟁의 대모 자리에 앉히려 하다니, 멜빈 매플의 선택은 나를 당혹스럽게 만들었다.

그나저나, 나는 어떤가? 그의 속내를 알고 싶은 마음이 있나? 이미 수많은 사람들이 어떤 의미로든 자신들의 고통을 토로한 편지를 내게 보내고 있다. 타인의 고통을 수용하는 나의 용량은 거의 한계에 달했다. 게다가 미군 병사의 고통이라니, 그건 꽤나 자리를 차지할 것 같았다. 내게 그런 여유가 남아 있나? 대답은 아니오였다.

멜빈 매플에게는 분명 정신과 상담이 필요했다. 그건 나의 분야가 아니다. 내게 자신의 속내를 털어놓아 보았자 그에게 하등 도움이 되지 않을 것이다. 오히려 그렇게 함으로써 6년 동안의 전쟁으로 인해 필요하게 된 치료를 다 받았다고 여길 것이기 때문이었다.

아무런 답을 하지 않는 것은 아무래도 졸렬한 행동인 것 같았다. 나는 중립적인 해결책을 찾아냈다. 영어로 번역된 내 소설책들에 그의 앞으로 헌사를 써서 소포로 부쳐주었던 것이다. 그랬더니 미국 군대의 말단병사를 위해 뭔가를 했다는 느낌이 들었고 양심에 거리낄 만한 것도 없어지게 되었다.

나중에야 나는 그 편지가 군 검역관을 무사통과할 수 있었던 것은 틀림없이 최근의 버락 오바마 대통령의 당선으로 설명할 수 있을 것이라는 생각이 들었다. 물론 아직 한 달이 지나야 오바마가 대통령 직무를 수행하기 시작하겠지만, 그의 당선이라는 대혼란이 이미 효과를 발휘하고 있음에 틀림없었다. 오바마는 끊임없이 이 전쟁에 대한 반대 입장을 내세웠고 민주당이 승리를 거둘 경우에는 군대를 철수시키겠다고 선언했다. 나는 곧 자기가 태어난 미국으로 돌아갈 멜빈 매플의 귀향을 상상했다. 나의 환상 속에서는 옥수수밭으로 둘러싸인 아늑한 농가에 도착한 그와 양팔을 벌린 그의 부모가 보였다. 이러한 생각을 하자 마침내 마음이 진정되었다. 그가 사인이 들어간 내 책을 잊지 않고 가지고 돌아갈 터이니, 나는 콘벨트(미국 중·서부에 걸쳐 형성된 세계 제1의 옥수수 재배지역. 그 중심은 일리노이·아이오와이다—옮긴이)의 독서 실천에 간접적으로나마 기여를 하게 될 것이었다.

2주가 채 지나지 않아, 나는 이등병의 답장을 받았다.

아멜리 노통브에게,

당신이 보내준 소설책은 고맙게 받았습니다. 그런데 나보고 이 책들을 어쩌라는 거죠?
해피 뉴이어
2009년 1월 1일 바그다드에서
멜빈 매플

이게 웬 당치않은 소린가. 약간 신경질이 난 채로 나는 곧 이렇게 답장을 썼다.

친애하는 멜빈 매플,

나도 모르겠네요. 그걸로 가구를 괴시든지, 아니면 의자 높이를 높이시든지. 아니면 막 글을 깨친 친구에게 줘버리시든지.
새해인사, 고마워요. 댁도 복 많이 받으세요.
2009년 1월 6일 파리에서
아멜리 노통브

나는 나의 어리석음에 분통을 터뜨리며 이 편지를 부쳤다. 참내, 군인에게서 뭔가 다른 반응을 기대하다니, 어떻게 그럴 수가?
그가 즉각 답장을 보내왔다.

아멜리 노통브에게,

미안합니다, 내가 표현을 잘못했나 봅니다. 내가 말하고 싶었던 건, 내가 당신에게 편지를 쓰는 이유는 이미 당신의 책을 모두 다 읽었기 때문이라는 것이었어요. 당신의 기분을 상하게 하려고 그런 말을 했던 건 아니었습니다. 당연히 그렇고말고요. 하지만 당신의 헌사가 들어간 것들까지 해서 책들이 두 권씩 되니 좋군요. 친구들에게 빌려줄 수 있겠어요. 혼란스럽게 해서 미안합니다.

 진심을 담아
 2009년 1월 14일 바그다드에서
 멜빈 매플

 나는 눈을 휘둥그레 떴다. 이 인간이 내 책을 모두 읽었다니, 그리고 그런 사실과 자기가 나에게 편지를 쓰는 행위에 인과관계를 부여하다니. 이로 인해 나는 깊고 깊은 생각에 빠졌다. 내 소설의 어떤 면이 이 군인으로 하여금 내게 편지를 쓰도록 만들었는지 이해하려고 애를 썼던 것이다.

 한편으로 나는 우스꽝스러울 정도로 희열에 가득 찬 인물이 되어 있었다. 누군가가 자신의 작품을 모두 읽었다는 사실을 알게 된 작가. 그 독자가 미군 이등병이라는 점이 나의 만족감을 더욱더 풍성하게 채워주었다. 전세계적인 작가가 된 느낌이 들었던 것이다. 나는 기괴한 오만방

자함으로 거의 폭발할 지경에 다다라 있었다. 최고의 기분으로 나는 이런 편지를 썼다.

친애하는 멜빈 매플,

오해에 대해 사과드려요. 당신이 내 책들을 모두 읽었다니, 정말 감동받았어요. 핑곗김에 새로 나온 내 소설의 영어 번역본을 보내드립니다. 미국에서 막 출간된 『도쿄 피앙세』예요. 나로서는 산드라 블록 주연의 영화 같은 분위기를 풍기는 그 제목이 영 마음에 들지 않아요. 하지만 우리 편집자 말이, 『아담도 이브도 없는』이라는 제목이 제대로 번역될 것 같지 않다더군요. 2월 1일부터 14일까지, 나는 책을 홍보하러 당신의 아름다운 나라에 머물 예정이랍니다.

오늘 버락 오바마가 미국 대통령이 되었군요. 위대한 날이지요. 당신도 곧 고향으로 돌아가게 되겠네요, 그런 상상을 하니 참 기뻐요.

우정을 담아
2009년 1월 21일 파리에서
아멜리 노통브

미국 순회 기간 동안, 나는 누구를 만나건 바그다드에 주둔 중인 한 병사가 내 책을 모두 읽었으며 그와 편지를 주고받고 있다는 이야기를 빼먹지 않았다. 기자들은 그 이야기를 아주 긍정적으로 받아들였다. 필라델피아 데일리 리포트지에서 "미군 병사, 벨기에 작가 아멜리 노통브를 읽다"라는 제목의 기사를 냈다. 그 기사로 인해 내게 무슨 영광이 돌아오는 것인지는 나도 알 수가 없었으나 그 효과는 대단했던 것 같다.

파리로 돌아오니 편지가 산만큼 쌓여 있었는데 그 중에 이라크에서 온 편지가 두 통 섞여 있었다.

아멜리 노통브에게,

생명의 한 형태 15

『도쿄 피앙세』 고맙게 잘 받았습니다. 속상해하지 마세요, 제목이 괜찮은걸요. 나는 산드라 블록의 팬이에요. 책을 정말 재미있게 읽고 있답니다. 그게 말이죠, 우리가 곧바로 철수하지는 않을 거라서 아직 시간이 많거든요. 새 대통령의 말에 의하면 주둔군이 철수하기까지는 19개월이 걸릴 거라더군요. 그리고 나는 올 때에도 맨 먼저 왔으니까 떠날 때에도 맨 마지막으로 떠나게 될 거예요, 두고 보시면 알게 될 겁니다. 내 인생은 늘 이런 식이었습니다. 하지만 당신이 옳아요. 버락 오바마는 꼭 대통령이 되어야 했던 인물입니다. 나도 오바마에게 한 표를 던졌답니다.

진심을 담아

2009년 1월 26일 바그다드에서

멜빈 매플

아멜리 노통브에게,

『도쿄 피앙세』, 정말 좋았습니다. 산드라 블록이 역

할을 맡아주면 좋겠네요, 정말 멋질 거예요. 이야기가 얼마나 아름답던지! 마지막에 가서는 그만 울어버렸습니다. 정말로 있었던 이야기냐고 묻지는 않겠습니다. 그러기엔 너무나도 진실되니까요.
미국에서는 어땠는지요?
진심을 담아
2009년 2월 7일 바그다드에서
멜빈 매플

나는 곧 답장을 썼다.

친애하는 멜빈 매플,

내 책이 마음에 들었다니 정말 기쁘네요.
당신의 아름다운 나라에서는 모든 일이 잘 진행되었답니다. 나는 어디에 가나 당신 이야기를 했어요. 필라델피아 데일리 리포트에 실린 기사를 읽어보세요. 안타까운 건, 당신이 어디 출신인지 기자에게 말해 줄 수가 없었다는 점이에요. 나는 당신에 대해 아는 것이 거의 없어요. 혹시 괜찮다면, 당신에 관한 이야기를 좀더 해 주세요.
우정을 담아
2009년 2월 16일 파리에서
아멜리 노통브

 산드라 블록이 주연을 맡을 수도 있는 가상의 영화에 관해서는 아무 언급도 하지 않는 게 나을 것 같았다. 그저 농담 삼아 해 본 말이었고 진지하게 거론될 것으로는 기대도 하지 않았으니까. 영화가 만들어질 가능성이 거의 없다는 사실을 알게 된다면 멜빈 매플이 얼마나 실망을 할까. 콘벨트를 실망시킬 수야.

 아멜리 노통브에게,

 필라델피아 데일리 리포트의 기사 덕분에 얼마나 기분이 좋은지 모르겠습니다. 기사를 동료들에게 보여주었더니, 다들 당신에게 편지를 쓰겠다고 난리가 났습니다. 그래서 당신의 미국 순회여행은 끝이 났으니 그럴 필요가 없다고 말해주었습니다. 녀석들이 원하는 것이라고는 언론에 자기들 이야기가 실리는 게 전부니까요.

내 소개를 해 달라고 하셨지요. 내 나이는 서른아홉입니다. 우리 부대에서는 최고령에 들지요. 나는 서른 살이 되어 뒤늦게 입대를 했습니다. 미래에 더 이상 기대할 것이 없었기 때문이었죠. 거의 굶어 죽을 지경이었거든요.

나의 부모님은 1967년, 저 유명한 '사랑의 여름'(Summer of Love, 1967년에 반문화 운동을 벌여온 히피들이 샌프란시스코에서 개최한 축제—옮긴이) 기간 동안에 만나셨습니다. 그분들에게 나의 군 입대는 하나의 치욕이었지요. 나는 미국에서 굶어 죽을 지경이 되면 다른 선택의 여지가 없다고 말씀드렸지요. 그랬더니 "엄마 아빠 집으로 오면 될 것 아니냐."고 대답하시더군요. 내게는 말입니다, 부모님 집에 얹혀 살러 가는 것 자체가 치욕이었어요. 우리 부모님은 볼티모어 근교에서 정비소를 운영하며 근근이 살고 계십니다. 나는 그곳에서 자랐지만 돌아가고 싶은 마음은 털끝만큼도 없었습니다. 볼티모어는 로큰롤밖에는 볼 것이 없는 도시랍니다. 안타깝게도 난 록에는 재능이 없는 사람이고요.

나이 서른이 되기 전에는 나도 이상이며 꿈들을 품고 있었고 그 꿈들을 실현하기 위해서 노력도 했습니다. 제2의 케루악(Jack Kerouac, 미국의 소설가 겸 시인. 미국 전역을 떠돌아다닌 잭 케루악은 3주일 만에 『길 위에서(On the Road)』를 썼지만 시대를 너무 앞선 내용으로 출판되기까지 6년이 걸렸다—옮긴이)이 되고 싶어서 각성제에 취해 여기저기 떠돌아다녀 보았지만 그럴싸한 문장은 한 줄도 쓰지 못했어요. 제2의 부코우스키(Charles Bukowski, 미국 현대문학에서 가장 독창적인 작가 중의 한 사람. 그는 글을 쓰면서 술을 마셨고, 술을 마시면서 글을 썼다—옮긴이)가 되어 보려고 술에 절어본 결과, 깊은 나락으로 떨어질 뿐이었죠. 그쯤에서 나는 작가가 될 인물이 아니었다는 것을 깨달았습니다. 그래서 그림에 도전해 보았어요. 거의 재난 수준이었죠. 붓을 쓰지 않고 물감을 뿌리는 드리핑 기법조차 보통 사람들이 생각하는 것만큼 쉽지 않더군요. 배우를 해 보려고 했지만, 그 역시 마음대로 되지 않았어요. 그러다가 노숙을 하게 되었지요. 길에서 잠을 자는 경험을 해 보았다는 것에는 만족하고 있답니다. 많은 것을 배웠거든요.

1999년에 군에 입대했습니다. 나는 부모님께 최근

에 전쟁이 끝났으니 위험할 것 하나 없다고 말씀드렸어요. 1991년의 걸프전이 오랫동안 우리나라를 안정시켰다는 것이 내 이론이었죠. 평화시의 군대는 아주 괜찮아보였습니다. 그래요, 동유럽이나 아프리카에서는 끊임없이 크고 작은 일들이 일어나고 있었고 이라크에는 여전히 사담 후세인이 버티고 있었어요. 하지만 당장 큰 문제가 닥칠 것 같지는 않았습니다. 요컨대 내게는 정치적인 감각이 전혀 없었죠.

군 생활에 좋은 면만 있는 것은 아니라는 사실을 나는 곧 알게 되었지요. 이 훈련들, 이 규율들, 이 아우성, 이 일과표, 이런 것들은 하나도 내 마음에 들지 않았습니다. 그래도 더 이상 나는 거지가 아니었습니다. 그게 중요했지요. 나는 나의 한계를 깨닫고 있었습니다. 거리에서 두려움에 떨며 자는 것, 그게 하나였고요, 배를 곯는 것이 또 다른 하나더라고요.

군대에서는 먹여줍니다. 음식이 좋고 푸짐한 데다가 공짜지요. 입대하던 날, 내 몸무게는 55킬로그램이었습니다. 키는 180센티미터였는데 말입니다. 나의 지극히 현실적인 입대 동기를 굳이 감출 필요는 없다고 생각합니다. 이런 이유로 군 입대를 자청한 사람이 나 혼자만은 아니니까요.
진심을 담아
2009년 2월 21일 바그다드에서
멜빈 매플

내가 콘벨트를 착각했던 것이다. 볼티모어 교외, 거기는 훨씬 더 가혹한 곳이었다. 볼티모어라는 그 고장은 존 워터스 감독밖에는 내세울 만한 것이 없다. '나쁜 취향'의 대부 워터스는 모든 작품을 그곳에서 찍었다. 볼티모어는 그 자체가 추한 교외의 모양새를 한 도시이다. 그런데 그런 볼티모어에서도 더 떨어진 교외지역이라니, 나는 거기가 어떤 곳일지 겨우 상상을 해 보았다.

2001년 9월 11일, 가엾은 멜빈 매플은 자신의 실수를 깨달았어야 했다. 그렇다, 그때 세상은 평화롭지 않았다. 그의 배고픔은 그로 하여금 엄청난 대가를 치르게 할 것이었다.

친애하는 멜빈 매플,

정말 흥미로운 편지를 보내 주어서 고맙습니다. 편지가 정말 좋았어요. 이제 당신을 더 잘 알게 된 것 같네요. 주저 말고 다음 이야기도 들려주세요, 아니면 당신 인생의 다른 이야기라도요.
우정을 담아
2009년 2월 26일 파리에서
아멜리 노통브

아멜리 노통브에게,

생명의 한 형태

군대에서 월급조로 돈이 좀 나오거든요. 나는 그 월급으로 책을 샀습니다. 그런데 우연히 영어로 번역된 당신의 초창기 소설을 읽게 되었죠.『오후 네 시』라는 작품이었는데, 그 책이 나를 완전히 사로잡았습니다. 그 이후로 당신의 책 전부를 손에 넣게 되었고요. 설명하기 어렵지만, 당신의 책들은 나에게 뭔가를 말해주고 있었어요.

당신이 나에 대해 더 알게 되면, 이해할 수 있을 겁니다. 내 건강상태가 많이 나쁩니다. 나는 아주 지쳐 있어요.

진심을 담아
2009년 3월 2일 바그다드에서
멜빈 매플

편지를 읽고 나자 걱정이 몰려왔다. 이라크에서 병에 걸릴 이유는 많고도 많을 것 같았다. 전투에서 입는 크고 작은 부상, 게다가 군에서 쓰는 독성물질, 스트레스. 그건 그렇고, 이미 그의 이야기를 더 들려달라고 부탁해 놓았던지라, 더 이상은 그를 조를 수가 없었다. 이야기를 더 잊지 못한 게 건강 때문이었을까? 그보다는 어떤 다른 차원의 망설임이 느껴졌다. 나는 어떤 태도를 취해야 할지 몰라서 답장을 하지 않았다. 잘한 짓이었다. 새 편지가 도착했던 것이다.

아멜리 노통브에게,

이제 몸이 좀 나아졌고 당신에게 편지를 쓸 힘도 생겼습니다. 설명을 좀 해야 할 것 같네요. 나는 이라크에 파병된 미군부대에 하루가 다르게 퍼져나가고 있는 병을 앓고 있어요. 2003년 3월, 처음으로 군 당국이 개입한 이래 환자의 수는 두 배가 되었고 멈출 줄을 모르고 늘어나고 있지요. 부시 행정부 때에는 우리의 병이 미국 군대의 이미지를 실추시킨다고 여겨 감추어두었습니다. 오바마 이후로 신문에서 우리에 관한 이야기를 다루기 시작했지만, 그들 역시 아주 조심스러워했지요. 지금 당신은 일종의 성병을 상상하고 있겠지만, 아닙니다, 잘못 생각하시는 거예요.

나는 비만증 환자입니다. 선천적으로 이런 건 아닙니다. 어렸을 적이나 청소년 시절에는 정상이었습니다. 성인이 된 다음에는 하루가 다르게 비쩍 비쩍 말라갔죠, 돈이 없었으니까요. 1999년에 입대를 한 이후로는 아주 빠른 속도로 살이 쪄 갔습니다만 충격적일 정도는 아니었습니다. 나는 드디어 먹을 기회를 갖게 된 굶주린 뼈다귀였을 뿐이었거든요. 일 년 만에, 나의 몸무게는 근육질의 정상적인 병사의 몸무게에 달하게 되었습니다. 곧 80킬로그램이 되더라고요. 그리고 전쟁이 일어나기 전까지는 달리 노력을 기울이지 않고도 그 몸무게를 유지할 수 있었어요. 2003년 3월에 나는 이라크 첫 파병부대원으로 뽑히게 되었습니다. 현지에 도착하자 곧 문제들이 터져 나오기 시작했지요. 로켓포, 탱크, 바로 옆에서 터지는 시체, 내 손으로 죽인 사람들, 나는 처음으로 진짜 전쟁을 경험했습니다. 공포가 무엇인지를 알게 되었지요. 그걸 견뎌내는 용감한 사람들도 있다던데, 나는 그러지를 못했습니다. 그 일로 인해 입맛을 싹 잃는 사람들도 있다지만, 나를 포함한 대다수는 그 반대로 반응을 했지요. 우리가 쇼크 상태로, 살아남았다는 사실에 얼이 빠진 채, 겁에 질려 전투에서 돌아와서는 바지를 갈아입은 다음(우린 매번 바지에 오줌을 싼답니다)

제일 먼저 하는 일은 말입니다, 바로 먹을 것에 달려드는 것입니다. 좀더 정확하게 말하면, 맥주로 시작을 하죠. 맥주, 이게 또 살을 찌우는 것이잖습니까. 일단 맥주 한두 캔을 들이켠 후에는 진짜 음식으로 넘어가지요. 햄버거, 감자튀김, 땅콩버터와 과일 잼 샌드위치, 사과파이, 브라우니, 아이스크림이 무제한으로 리필 서비스되거든요. 그러니 무제한으로 먹고 또 먹습니다. 우리가 삼킬 수 있는 양은 정말 믿기 힘들 정도입니다. 다들 미쳤어요. 우리 안의 무엇인가가 망가진 것이지요. 그렇게 먹는 게 좋아서 먹는다고는 말할 수 없어요, 우리 자신보다 훨씬 더 강한 무언가가 있는 거예요, 음식 때문에 죽을 수도 있을 것 같아요, 어쩌면 우리가 바라는 게 그것인지도 모르죠. 처음에는 토해버리는 친구들이 있었습니다. 나도 해 보려고 했지만, 되지 않았어요, 한 번도. 정말 토하고 싶었는데. 다들 정말 고통스러워하지요, 배가 터지기 일보직전이거든요. 다시는 이러지 않겠다고 맹세를 합니다, 너무 괴로우니까요. 다음날이 되면, 우리는 다시 전쟁터로 돌아가야 하고 전날보다 더 처참한 일을 겪지요. 도무지 익숙해지지가 않아요. 배가 엄청나게 아프지만 계속해서 방아쇠를 당기고 이리저리 뛰어야 해요. 제발 이 악몽이 끝나주기를 바라지요. 그리고 난 다음 우리를 다시 찾아오는 것은 공허감뿐입니다. 그래서 다시 맥주를 마시고 음식을 삼키지요. 위장은 차츰 차츰 늘어나서 엄청나게 커지고, 그럼 더 이상 배가 아프지도 않답니다. 토하던 친구들도 더 이상은 음식을 게워내지 않고요. 모두들 돼지처럼 피둥피둥해지지요. 매주 우리는 한 치수 큰 군복을 신청해야만 합니다. 참 곤란한 일이지만, 아무에게도 그 추세를 전도시킬 능력이 없어요. 게다가 그건 우리 몸이 아닌 것 같거든요. 이 이야기는 누군가 다른 사람 몸에 일어나는 일이지요. 우리는 이 음식을 모르는 사람의 배에 퍼넣고 있는 거예요. 우리가 우리 몸을 점점 더 자각할 수 없다는 것이 그 증거지요. 그렇기 때문에 우리는 더 많은 음식을 삼킬 수 있고요. 우리가 맛보는 감정은 기쁨이 아니라 소름끼치도록 끔찍한 위로랍니다.

기쁨이라면 나도 잘 알고 있습니다. 이건 그런 감정이 아니에요. 기쁨은 뭔가 위대한 것이잖아요. 예를 들어 사랑의 행위를 하는 것처럼 말입니다. 이제 나에게는 그런 일이 일어나지 않습니다. 왜냐고요? 일단은 아무도 나를 원하지 않기 때문이죠. 그리고 또, 난 더 이상 그런 일을 할 수가 없어요. 180킬로그램짜리 살덩어리를 가지고 어떻게 그런 예민한 동작을 할 수 있겠습니까? 이제 이해할 수 있겠지요, 이라크에 온 이후로 내 몸무게는 100킬로그램이 늘었습니다. 일 년에 17킬로그램씩 찐 셈이죠. 게다가 아직 끝나지가 않았답니다. 앞으로도 18개월을 여기에 더 있어야 하니까요. 그 기간 동안 아마 30킬로는 족히 불어나겠죠. 고국으로 돌아가면 살이 그만 찐다는 가정 하에서 말입니다. 나는 미국 병사들 대다수가 그렇듯이, 병적으로 허기를 느낍니다. 토하지도 못하지요. 상황이 이렇다 보니, 살이 빠진다는 것은 거의 생각할 수 없는 일이랍니다.

100킬로그램은 한 사람분의 몸무게예요, 그것도 어마어마하게 뚱뚱한. 바그다드에 있게 된 이후로 내게는 거대한 사람 한 명이 달라붙어버린 겁니다. 이곳, 바그다드에서 내게 온 사람이니만큼, 나는 그 사람에게 세헤라자드라는 이름을 붙였습니다. 틀림없이 몸매가 날씬했을 진짜 세헤라자드에게는 좀 미안하지

생명의 한 형태

만 말입니다. 그렇지만 나는 여분의 그 사람을 두 명보다는 한 명으로, 이왕이면 남자보다 여자로 생각하고 싶었습니다. 그야 물론 내가 이성애자이니까 당연한 것이었지요. 세헤라자드는 딱 내 취향이에요. 밤새 내게 이야기를 해 주죠. 내가 더 이상은 육체적인 사랑을 할 수 없다는 것을 잘 알기에, 그녀는 나를 사로잡는 아름다운 이야기들로 사랑의 행위를 대신 하는 거랍니다. 이건 비밀인데, 당신에게만 털어놓겠습니다. 내가 나의 비만을 견딜 수 있는 것은 세헤라자드를 상상하는 덕분이에요. 만일에 동료들이 내가 내 지방덩어리에 여자이름을 붙였다는 사실을 알게 된다면 나에게 어떤 일이 일어나게 될지, 차마 당신에게 설명할 수는 없네요. 하지만 당신, 당신이라면 나를 이상한 놈이라고 생각하지 않을 거라는 사실을 난 잘 알고 있어요. 당신 책에는 비만한 주인공들이 꽤 많이 등장하지만, 당신은 절대로 그들을 인간답지 않은 사람으로 묘사하지 않았어요. 그리고 당신 책의 주인공들은 기이한 이야기들을 지어내지요, 계속 살아나가기 위해서 말이에요. 마치 세헤라자드처럼.

이 편지를 쓰는 것도 세헤라자드라는 생각이 드네

요. 나는 그녀를 말릴 수가 없습니다. 나는요, 살면서 한 번도 이렇게 긴 편지를 써 본 적이 없거든요. 이로써 편지를 쓰는 사람이 내가 아니라는 사실이 증명되는 것이죠. 비만한 내 몸은 끔찍하지만, 난 세헤라자드를 사랑합니다. 밤이 되어 내 몸무게가 나의 가슴을 억누를 때면, 나는 이건 내가 아니라 내 위에 누운 아름다운 여인이라고 생각을 한답니다. 이런 상상 속으로 깊이 들어가면, 내 귓가에 말로는 표현할 수 없는 것들을 속삭이는 그녀의 부드러운 목소리가 들려오지요. 내 거대한 두 팔로 그 살덩어리를 껴안으면 그 느낌이 얼마나 진짜 같은지, 내 비곗덩어리 대신 사랑하는 여인의 부드러운 몸을 만지는 것 같아요. 그 순간이면 나는 정말로 행복해집니다. 그런데 그게 다가 아니랍니다. 그녀와 나, 우리 둘은 연인들만이 그럴 수 있는 행복감에 젖어들거든요.

이래보았자 내게 아무런 득이 되지 않는다는 건 나도 잘 알고 있습니다. 비만으로 죽게 되는 경우가 분명히 있고, 나는 점점 더 비대해져 가고 있으니 나도 그 꼴이 될지 모르는 거지요. 그렇지만 만일 세헤라자드가 나의 모든 것을 원한다면, 나는 행복하게 죽을 수 있습니다. 그래요, 세헤라자드와 내가 당신에게 하고 싶었던 이야기는 이런 것이었습니다.
  진심을 담아
  2009년 3월 5일 바그다드에서
  멜빈 매플

  친애하는 멜빈 매플,

  당신의 이야기는 정말 놀라웠어요, 고마워요. 망연자실한 상태로 당신의 편지를 읽고 또 읽었어요. 자꾸만 감탄이 나오네요. 당신의 이야기는 내 마음을 송두리째 뒤흔들어놓았어요. 생각을 하면 할수록 흥분을 억누를 수가 없고 놀라움을 금치 못하겠을 뿐더러 넋이 나간 것만 같아요. 세헤라자드와 당신에게 이야기를 더 들려달라고 부탁해도 될까요? 이런 이야기는 정말 처음 읽어보았거든요.
  우정을 담아
  2009년 3월 10일 파리에서
  아멜리 노통브

나는 멜빈의 다음 편지를 간절하게 기다렸다. 그러는 와중에 터무니없는 이미지들이 계속해서 나를 덮쳤다. 갈가리 찢긴 이라크 사람들, 내 머리를 펑 터뜨리는 폭발, 그리고 병적인 수준으로 음식을 삼켜 전장에서의 폭발을 자신들의 배에서 재현하는 미군들의 이미지가 차례로 떠올랐다. 영토를 확장해 가는 살집들, 하나하나 점령되어 가는 캠프들, 한 치수 큰 군복이 없어서는 안 되는 상황, 그런 중에 지도상의 위치를 옮겨가는 지방덩어리의 전장이 눈에 아른거렸다. 미군은 부풀어 오르는 속성을 가진 하나의 개체를 만들어냈다. 말하자면 불명료한 양분을 빨아들이는. 그 양분은 어쩌면 희생된 이라크 사람들이 아닐까. 군대의 단위 중에는 부대(corps, 다의어로 몸, 신체, 시체

등을 의미하기도 한다—옮긴이)라는 것이 있는데 그 단어에 대한 나의 느낌은 모든 사람들이 그 단어를 볼 때 느끼는 것과 마찬가지로 풍부한 지방, 바로 그것이다. 영어에서 corpse라는 단어는 '시체'를 의미한다. 이 단어를 프랑스어로 옮기려면 'corps'라는 단어를 쓸 수밖에 없다. 비만한 몸은 살아 있는 것일까? 그 몸이 죽지 않았다는 유일한 증거는 여전히 비대해지고 있다는 점이다. 비만의 논리란 바로 이런 게 아닐까.

다음으로는 한밤중에 숨을 헐떡이며 잠이 든, 멜빈 매플일 수도 있는 누군가가 눈에 보였다. 계산을 해 본 결과 불어난 100킬로그램 중에서 가슴과 배에 붙은 무게들이 각각 반씩일 것이라는 결론이 나왔다. 세헤라자드의 몸무게로는 50킬로그램이 신빙성 있어 보이니 멜빈의 가슴 위에 누운 연인의 존재를 믿을 수 있었고 정말 어울리지도 않는 지고지순한 사랑과 내밀한 대화와 샘솟는 사랑을 상상할 수 있었다. 6년간의 전쟁을 치르는 동안, 그들은 천 하룻밤을 함께 보냈던 것이다.

"천사처럼 행동하고 싶은 사람이 금수처럼 행동을 한다"라고 파스칼이 말했다. 여기에 멜빈 매플이 새로운 버전을 내놓았다. "금수처럼 행동하고 싶은 사람이 천사처럼 행동을 한다"고. 분명, 그의 이야기 속에서 찾아볼 수 있는 것이라고는 본질과는 거리가 먼 순결주의뿐이었다. 그러나 견디기 힘든 상황에서도 살아남을 수 있는 이유를 제공한 내 편지 상대의 해석 능력에는 경의를 표하지 않을 수 없었다.

파리 도서전에서 나의 사인을 받기 위해 왔던 사람들 중에 비만한 아가씨가 있었다. 멜빈 매플의 편지에 내가 얼마나 사로잡혀 있었던지, 내 눈에는 그 아가씨가 자기 몸에 딱 달라붙은 로미오의 품에 안긴 날씬한 여인으로 보였다.

아멜리 노통브에게,

당신의 반응에 감동했습니다. 하지만 내가 처한 상황을 너무 서정적으로 과장하지는 말아주세요. 아무리 오바마가 대통령이 되었다지만 전쟁은 아직 끝나지 않았습니다. 저 건너편 기지에서 끝났다고 해야 끝나는 것이죠. 여기에 있는 한, 우린 위험합니다. 물론 나를 폭식증 환자로 만든 저 끔찍한 돌격은 이제 더 이상 하지 않아도 되지만, 아주 가끔이나마 출격을 하게 되면 우리는 바로 표적이 됩니다. 병사들 중에서 아직도 죽어나가는 친구들이 있다니까요. 우리가 여기에 있는 이유가 바로 그것이니, 뭐 당연히 그럴 만도 하지요.

맨 앞줄은 언제나 나 같은 뚱보들의 차지입니다. 굳이 이유를 설명하지 않아도 되겠지요, 눈에 뻔히 보이니까요. 뚱보는 더없이 훌륭한 인간방패가 되어주잖습니까. 정상 체격의 몸이 한 사람을 보호하는 반면, 나 같은 몸뚱이는 두세 명을 가려줄 수 있습니다. 우리들 같은 존재는 피뢰침의 역할도 해 주고 있어요. 이라크 사람들은 늘 배를 주리니까 피둥피둥한 우리를 보면 어떻겠습니까, 비참한 기분이 들겠죠. 제일 먼저 제거하고 싶은 대상이 바로 우리들이 아니겠어요.

내가 확신하는 건 우리 쪽 높은 양반들도 같은 생각을 하고 있을 것이라는 점입니다. 같은 이유로 뚱뚱이들은 오바마가 정한 마지막 날까지 여기에 남아 있어야 할 겁니다. 우리가 살해될 확률을 높이기 위해서 말이죠. 매번 전쟁이 끝날 때마다, 미국에서는 심각한 병에 걸려 돌아와서 나라 전체에 좋지 않은 인식을 주는 군인들을 볼 수 있답니다. 그런데 이런 문제의 이상한 점은 말입니다, 대중이 이런 현상을 인간이 이해할 수 있는 범위 밖으로 내쳐버린다는 것입니다, 전쟁이니까요.

비만은 미국에서 이상한 병이 아닙니다. 그저 우스운 것일 따름이죠. 비만도 하나의 병인데 보통 사람들은 그걸 너무 건강해서 탈이라는 식으로 치부하며 병으로 쳐 주지도 않습니다. 미국이라는 집단은 모든 것을 수용해요. 우스꽝스러운 것만 빼고요. "힘들었다고? 전혀 그렇게 보이지 않는데!" 혹은 "먹는 것 말고, 이라크에서 한 일이 뭐요?" 사람들이 우리에게 이런 소리를 퍼부어댈 겁니다. 여론과는 진짜 문제가 생길 테고요. 미군 당국에서는 필수적으로 남자답고 씩씩한 이미지를 전달해야 하죠. 하지만 어마어마한 가슴과 엉덩이를 털럭거리는 우리 뚱뚱이들이 주는 이미지는 나약하고도 겁 많은 여성적인 것이잖아요.

하사관들이 우리에게 다이어트를 시키려고 시도한 적도 있었습니다. 불가능했지요. 게걸스러운 우리들이 무슨 짓이든 서슴지 않았거든요. 음식도 일종의 마약입니다, 다른 중독성 있는 것들과 똑같아요. 게

다가 코카인 밀매보다는 도넛 밀매가 훨씬 더 쉽잖습니까. 하사관들이 정한 금식기간 동안 우리는 평상시보다 살이 더 쪘습니다. 음식 금지 명령은 철회되었고 우리의 체중 증가는 순항속도를 되찾았지요.

마약에 관한 이야기를 좀 해 봅시다. 현대전은 마약 없이는 견딜 수 없는 전쟁이랍니다. 베트남에서 우리 미국 병사들은 아편에 의존했지만, 누가 뭐래도 그건 내가 짭짤한 소시지가 든 샌드위치에 의존하는 것보다는 그 정도가 훨씬 약했지요. 60—70년대의 귀순용사들은 고향으로 돌아온 다음에 다시는 아편에 손을 대지 않았어요. 미국에서는 구하기 힘든 물건이었거든요. 우리의 경우는 좀 다르죠. 집에 돌아가면 지척에 정크 푸드들이 있는데, 그걸 어떻게 끊겠습니까? 차라리 상사들이 우리에게 아편을 나누어주는 게 나을 뻔했어요. 그랬다면 지금 이렇게 살이 쪄 있지는 않았겠죠. 모든 마약들 중에서 가장 해롭고 중독성이 강한 건 바로 음식입니다.

살려면 먹어야 합니다, 보통 사람들에게는 그렇다는 말입니다. 그런데 우리는 죽으려고 먹습니다. 우리 재량에 맡겨진 자살방법은 그것뿐이에요. 어마어마하게 비대한 만큼 우리는 겨우 인간의 형상을 유지하고 있어요. 그러면서도 우리가 가장 인간다워 보일 때는 바로 우리가 게걸스럽게 먹어대고 있을 때입니다. 아무 병에도 걸리지 않고 잔학한 이 전쟁을 견뎌내는 친구들도 있긴 합니다. 그건 용감한 게 아니라 감수성이 전혀 없는 것이죠.

 이라크에 대량 살상무기는 없었습니다. 혹시나 하는 의심이 있었지만 이젠 그마저도 사라졌지요. 그러니까 이 전쟁은 터무니없는 부당행위였던 것입니다. 나는 죄가 없다고 우기거나, 누명을 벗으려고 애쓰지는 않겠습니다. 조지 W 부시와 그의 패거리보다 덜한지는 모르겠지만, 나에게도 역시 죄가 있어요. 나는 이 끔찍한 전쟁에 참가했고 군인들을 죽였으며 민간인들도 살해했습니다. 여자들과 아이들이 있던 집도 폭파시켰어요. 나 때문에 그들이 죽었다고요.

 가끔씩 나는 세헤라자드가 얼굴도 못 본 채 내가 죽인 저 이라크 사람들 중의 한 명이라는 생각을 합니다. 나는 내 죄의 무게를 짊어지고 있는 거예요, 이건 은유적으로 말하는 게 아닙니다. 다행인지도 모르겠습니다, 세헤라자드에게는 나를 미워할 만한 충분한 이유가 있으니까요. 하지만 밤이 되면 그녀가 나를 사랑하는 게 느껴지는 겁니다. 한 번 이해하려고 해 보세요. 나는 내 지방덩어리를 증오하고 이놈의 지방덩어리는 하루 종일 나를 괴롭히지요. 이런 짐을 짊어지고 산다는 게 얼마나 고통스러운지 모를 겁니다. 그것뿐만이 아니에요. 내 손에 희생당한 사람들이 불쑥 불쑥 떠오릅니다. 그렇지만 이 많고 많은 살 안에 세헤라자드가 있어요. 전투가 끝난 다음 나에게 사랑을 주는. 어쩌면 내가 그녀를 죽인 장본인일지도 모른다는 사실을 그녀는 알고 있을까요? 그녀가 고백을 할 때 대답조로 그런 이야기를 중얼거린 적이 있어요. 그런데 그런 것쯤 그녀에게는 상관없는 것 같더라고요. 참, 사랑은 불가사의한 거예요.

나는 바그다드에 있는 게 싫습니다. 그렇지만 별로 볼티모어에 돌아가고 싶지도 않아요. 뭐라고 할까, 반응이 두려워서 식구들에게 100킬로도 넘게 몸이 불었다는 이야기를 하지 않았거든요. 나는 다이어트를 할 수가 없어요, 세헤라자드를 잃고 싶지 않으니까요. 살을 뺀다는 건 그녀를 두 번 죽이는 것이 될 거예요. 만약에 전쟁에서 저지른 죄 때문에 내가 받아야 하는 벌이 내 손에 죽은 희생자를 살덩어리의 형태로 짊어지고 다녀야 하는 것이라면, 받아들이겠어요. 우선은 그게 옳기 때문이고, 또 뭐라 딱히 설명할 수 없지만, 그 때문에 내가 행복하기 때문입니다. 마조히즘은 아닙니다, 난 그런 부류가 아니거든요.

미국에 있을 때, 그러니까 내가 날씬했을 때에는 나도 여자들과 연애를 꽤 많이 했습니다. 여자들에게 인기가 없지 않았기에 이렇다 할 불만이 없었어요. 가끔씩 사랑에 빠지기도 했고요. 모두들 알다시피, 사랑하는 사람과 사랑을 나누는 것은 지상 최고의 행복이지요. 그런데 세헤라자드와 나눈 경험은 그보다 한 수 위랍니다. 그녀가 나와 보다 더 구체적인 방법으로 친밀하기 때문일까요? 아니면 그냥 단순하게, 상대가 그녀이기 때문일까요?

만약에 나의 삶이 밤으로만 채워져 있다면, 나는 세상에서 가장 행복한 남자일 겁니다. 하지만 말 그대로, 나를 짓누르는 낮 시간이 있어요. 이 몸뚱이를 날라야 하는 시간. 뚱뚱이들의 고난은 이루 말로 표현할 수가 없습니다. 피라미드를 지은 노예들도 나만큼 짐을 무겁게 짊어지지는 않았어요. 나는 단 한 순간도 내 짐을 내려놓을 수가 없거든요. 으스러지는 것 같은 느낌 없이 가벼운 발걸음으로 걷는 기쁨이 얼마나 그리운지 모르겠습니다. 나는 말이죠, 정상인들에게 자신들은 깨닫지 못하는 저 거짓말 같은 특권을 마음껏 누리라고 소리치고 싶은 심정이랍니다. 껑충껑충 뛰거나 무심히 움직이거나 아주 평범하게 그냥 여기저기 걸어다니는 그 리듬감을 즐기는 것들이 모두 특권이니까요. 시장을 보러 가거나 걸어서 10분 거리에 있는 지하철역까지 가는 데에도 숨을 헐떡거려야 하다니!

하지만 그중에서도 최악은 모욕을 참아야 한다는 점입니다. 그나마 내가 살겠는 건 내가 유일한 뚱보가 아니라는 사실 때문이지요. 다른 뚱보들과의 연대감 덕분에 나는 파멸하지 않을 수 있었어요. 쳐다보는 눈길, 불쾌한 잔소리, 가혹행위를 견뎌야 하는 것, 이것이 고통 중에서도 가장 심한 고통이지요. 내가 예전에 뚱보들을 만났을 때 그들을 어떻게 대했는지 생각이 나지 않아요. 나도 그들에게 못되게 굴었을까요? 사람들의 의식 속에는 언제나 이런 생각이 깔려 있어요. 뚱보가 뚱뚱한 건, 다 이유가 있어서다, 그냥 살이 찌는 건 아니다. 그러니까 자, 우리에게는 뚱보로 하여금 값을 치르게 할 권리가 있다, 뚱뚱한 것은 죄악이다.

사실, 나에겐 죄가 없지 않습니다. 도덕적으로나 신체적으로나. 나는 전쟁이라는 범죄를 저질렀고 괴물처럼 먹어댔어요. 하지만 여기에서 감히 나를 비난하는 녀석들 중에 나보다 나은 놈도 없습니다. 우리 부대원들은 모두 나 같은 살인자들이니까. 그들이 비대해지지 않았다는 건, 그들의 양심에 자기네들의 악행이 걸리지 않는다는 증거입니다. 그놈들은 나보다 더 형편없는 악질들인 거예요.

나와 내 동료들이 아귀같이 먹고 있을 때면 날씬한 병사들이 고함을 칩니다. "젠장, 이봐, 그만들 해! 네놈들 때문에 밥맛이 떨어지잖아, 너희들이 처먹는 꼴을 보고 있으면 토할 것 같다고!" 우리는 아무런 대꾸도 하지 않고 서로 쑥덕거리죠. 저렇게 정상적으로 먹는 저놈들이야말로 역겨운 자식들이다, 민간인들을 학살해놓고 자기들의 삶에서는 하나도 변한 게 없다니, 사소한 병 하나 걸리지 않다니. 누군가가 그들이 말 못할 비밀로 괴로워하고 있는지도 모른다고 놈

생명의 한 형태

들을 두둔합니다. 하지만 어떻게 말 못할 비밀로 그렇게 비밀스럽지 않은 범죄를 속죄할 수 있단 말입니까! 적어도 우리는 우리의 죄책감을 보란 듯이 겉으로 드러내고 있어요. 우리는 드러내놓고 후회를 하잖습니까. 우리를 보면 역겹다고들 하니, 그게 다 증거가 아니겠습니까?

우리는 뚱보라는 말이 혐오스러워서 우리끼리는 서로를 파괴자라고 부른답니다. 우리의 비만은 무시무시하고도 화려한 파괴행위니까요. 군에서는 우리 때문에 막대한 비용을 쓰고 있습니다. 부대에서 제공하는 음식은 저렴한 것들이지만 먹어대는 양이 엄청나기 때문에 결국엔 돈이 많이 들지요. 잘된 일이죠, 우리는 나라한테 얻어먹고 있는 거니까요. 언젠가, 군사 경리국 측이 불평을 해대는 바람에, 상부에서 두 번 이상 배식을 타는 병사들에게 돈을 내라고 했던 적이 있었습니다. 그런데 재수가 없게도, 하필이면 그 시도를 친절한 병사가 아닌 심보 사납기로 유명하기가 대표선수급인 우리 친구 보조에게 했던 것입니다. 당직병사가 내민 계산서를 본 보조의 표정이라니! 믿지 않으셔도 상관없지만, 보조는 그 당직병사에게 계산서를 먹였습니다. 당직병사가 계산서를 삼키자, 보조가 협박을 했지요. "다행인 줄 알아. 다시 한 번만 더 이런 짓을 한다면, 널 꿀꺽 해 버릴 테다." 그 이후로 아무도 문제 제기를 하지 않았고요.

우리를 입히는 데에도 돈이 많이 듭니다. 매달, 우리는 군복을 교체해야 합니다, 몸이 옷 안에 들어가지 않으니까요. 바지고 윗도리고 단추가 채워지질 않는 겁니다. 아무래도 군대에서 우리 같은 병사들을 위해 새로운 치수의 군복을 만들어야 할 것 같아요. XXXXL. 뭐, 별로 자랑할 만한 것은 아니지만 말입니다. 나의 개인적인 바람으로는 XXXXXL이 나왔으면 좋겠어요. 이렇게 훌륭한 여행을 그만둘 생각은 없으니까요. 우리끼리 하는 이야기이지만, 상관들이 좀더 똑똑하다면, 우리에게 스판덱스 군복을 지어 입혔을 거예요. 언젠가 내가 군수품 담당자에게 그런 이야기를 했더니 이런 대답을 하더군요. "불가능해. 스판덱스는 군인정신과 정반대거든. 우리는 늘어나지 않는 옷감으로 만든 빳빳한 군복을 입어야 해. 신축성이 있는 것들은 군의 적이야." 이라크와 전쟁 중인 줄로만 알았는데, 알고 보니 우리는 라텍스와 전쟁을 치르는 중이었더라고요.

건강관리 면에서도 우리에게는 돈이 많이 들지요. 사람이 살이 찌면 늘 어딘가가 고장이 납니다. 우리 뚱보들은 거의 다 심장병 환자가 되었답니다. 심장약을 복용해야 하지요. 고혈압약도 먹어야 하고요. 최악의 사건은, 상부에서 우리에게 수술을 시키려고 했던 것이었습니다. 웃기지도 않지요! 상관들은 미국에서 위 조절 고리 시술 분야에서 명성이 자자한 외과 의사를 한 명 불러왔습니다. 위 조절 고리 시술이 뭐냐 하면, 배고픔을 느끼지 않도록 하기 위해 위장에 일종의 반지 같은 고리를 끼워 압박을 하는 시술이에요. 그렇지만 당사자의 의사와 상관없이 그런 물건을 위장에 끼워 넣을 수는 없는 일이었고, 아무도 그 시술에 동의하지 않았지요. 우리는 배고픔을 원하니까요! 음식은 우리의 마약이자 배출구인데, 누가 그걸 잃고 싶겠어요. 시술 지원자가 아무도 없다는 사실을 확인한 의사의 얼굴은 정말 가관이었답니다! 그러자 하사관들이 우리를 공략할 목적으로 이기라는 친구를 찍었어요. 한눈에 보기에도 과체중 때문에 우리들보다 훨씬 주눅이 들어 있던 친구였지요. 그들은 이기의 심리를 흔드는 것으로부터 시작을 했습니다. 그 친구의 예전 사진을 들이대면서. "이기, 날씬했을 때에는 자네도 미남이었군! 고향으로 돌아가면 애인이 자네를 보고 뭐라고 할 것 같은가? 자네를 다시는 보고 싶지 않아 할 거라고!" 결국 이기는 무릎을 꿇었고 수술을 받게 되었지요. 그게 효과가 있었습니다. 맹렬한 기세로 살이 빠지더라고요. 단지 그 유명한 외과의사가 별로 인기가 없었다는 점에 기분이 나빠져서는 플로리다로 돌아갔다는 점이 문제였지요. 얼마 후에 위장에 끼운 고리가 말썽을 일으켰어요. 그만 옆으로 밀려나버리고 말았던 것이죠. 이기는 급하게 재수술을 받아야 했습니다. 군의관들이 수술을 했지만 결국에는 실패로 끝났고 불쌍한 이기는 숨을 거두고 말았습니다. 그럴 수밖에 없겠더라고요, 그 수술의 전문가라면 모를까, 잘될 리가 없었던 거예요. 플로리다의 그 의사를 불러왔어야만 했지요. 하지만 그 의사가 왔을 때에는 이미 늦었을 겁니다. 아무튼, 이기의 가족은 미군을 상대로 소송을 제기했고 아주 쉽게 이겼습니다. 국가에서는 이기의 부모에게 엄청난 거액을 지불해야 했습니다.

그러니까 우리는 재판에서조차 돈이 많이 드는 존재들인 거예요. 이기의 사건을 지켜보자니 이런 생각이 떠오르더군요. 결국 우리가 비만해진 건 조지 W. 부시 때문이다. 미국에 돌아가서 걸핏하면 소송을 걸 만한 친구들이 눈에 보인답니다. 나는 그러지 않을 거예요. 그 사람들하고 더 이상은 용건이 없었으면 좋겠거든요. 그들은 범죄자예요. 거짓말을 내세워 수천만의 죄 없는 이들을 죽음으로 내몰았고 살아남은 이들의 인생을 망쳤으니까요.

그들에게 더 많은 해를 끼치고 싶습니다만, 안타깝게도 나는 천성이 얌전한 축에 속하는 사람이에요. 내가 조직을 가장 심하게 파괴하는 방법은 역시 먹어 대는 것입니다. 문제는 내 행동에 가미가제적인 면이 있다는 점이죠. 공격목표에 가까이 갈수록 내 자신이 파괴되니까요.

그래도 최근에 이룩한 나의 성과는 꽤 자랑스럽답니다. 이제 내 몸은 탱크에 들어가질 않아요. 문이 너무 좁더라고요. 얼마나 잘되었는지 모릅니다. 거기 들어가 있으면 폐소공포증이 일어나고, 생각보다 그리 안전하지도 않은 그 물건 속에 들어가는 게 난 정말 싫었거든요.

  편지가 길어졌군요. 내가 이렇게 긴 편지를 쓰다니 어처구니가 없네요. 이런 게 필요하긴 했어요. 억지로 긴 편지를 읽느라 기분 상하지 않았길 바랍니다.

  진심을 담아

  2009년 3월 17일 바그다드에서

  멜빈 매플

원래 나는 긴 편지를 그다지 좋아하지 않는다. 대체적으로 긴 편지들은 재미가 없다. 16년도 더 전부터 정말로 많은 편지를 받아온 덕에, 원하지도 않게 나는 편지의 기법에 관한 직관적이고도 경험적인 이론을 하나 발전시키게 되었다. 그 이론에 따르면 가장 훌륭한 편지들은 A4 용지 앞뒤를 채워(앞뒤를 강조하는 바이다. 숲을 사랑한다면 반드시 양면을 꽉꽉 채우시길. 낡아빠진 예의를 앞세워 이를 거절하는 분들은 참 이상한 우선순위를 가진 양반들이다.) 두 장을 절대로 넘지 않는다. 터무니없는 이야기가 아니다. 할 말이 더 있다고 생각하는 것은 상대방을 존중하지 않는 태도이고 상대에 대한 배려가 없으면 흥미가 떨어진다. 세비녜 부인(1626~1696, 프랑스의 서간문 작

가. 서간 문학의 최고봉으로 간주되는 작품들을 남겼다—옮긴이)이 정말로 적절한 한 마디를 남겼다. "용서하세요. 짧게 줄일 시간이 없었어요." 하지만 부인은 나의 이론을 뒷받침해주지 않는다. 그녀가 남긴 편지는 언제 읽어도 감동적이니까.

세비녜 부인과는 아주 다른 방식으로, 멜빈 매플은 나의 이론을 반증하고 있었다. 그것도 아주 대단하게. 그의 편지는 길다는 느낌조차 들지 않았다. 그만큼 나는 그 편지에 빠져들었던 것이다. 멜빈 매플의 편지들은 절대적인 필요라는 힘을 배경으로 씌어졌다는 것이 절절하게 느껴졌다. 그보다 더 훌륭한 뮤즈가 있을까. 평소와는 정반대로, 나는 즉시 답장을 할 수밖에 없었다.

친애하는 멜빈 매플,

편지 고맙게 잘 받았어요. 당신의 이야기에 점점 더 흥미가 생겨요. 내가 긴 편지에 싫증을 낼 거라는 걱정은 하지 마세요. 마음 같아서는 더 긴 편지를 받고 싶거든요.

그래요, 당신과 당신 동료들의 폭식은 일종의 파괴

행위예요. 축하를 하고 싶네요. 들어보았겠지만, 이런 캠페인 문구가 있었죠. "전쟁 말고 사랑을 해라." 당신의 경우는 "전쟁 말고 폭식을 해라."가 되겠군요. 정말 가상하기 그지없는 행동이에요. 하지만 그 때문에 당신이 얼마나 위험한 지경에 처해 있는지 알아요. 아무쪼록 건강 조심하세요.
  우정을 담아
  2009년 3월 24일 파리에서
  아멜리 노통브

아멜리 노통브에게,

  당신의 편지가 마침 제때에 도착해주었습니다. 기분이 최악이었거든요. 어제 말라깽이 사병들과 한바탕 치고받았답니다. 저녁식사 시간에 일어난 일이었습니다. 평소에 우리 뚱뚱이들은 다 함께 밥을 먹습니다. 우리끼리 얘기지만, 그러면 주눅 들지 않고 맘껏 폭식을 할 수 있는 데다가, 고까운 시선과 불쾌한 소리를 참지 않아도 되니까요. 밥상에서 한 친구가 평소보다 더 실력을 발휘하면, 우리는 우리가 지어낸 멘트를 날리며 축하를 해 줍니다. "바로 그런 정신이야, 친구!" 이 말에 우리는 다 같이 웃음을 터뜨리지요. 이유는 상상에 맡기겠습니다.

어제 저녁에는 다른 그룹의 친구들이 우리 테이블로 와서 시비를 걸었습니다. 최근에 전투가 없었기 때문에 몸이 근질근질했던 것이겠죠.

"어이, 비곗덩어리들, 잘 지내나?"

별 무리 없이 시작이 되었기에 우리는 그다지 신경을 쓰지 않고 평소대로 대꾸를 했습니다.

"살이 그렇게 많은데 어떻게 또 이렇게 먹을 수가 있지? 비축해 놓은 게 많으니까 배도 고프지 말아야 할 것 같은데 말이야."

"이 몸집을 지탱하려면 잘 먹어야지." 플럼피가 이렇게 대답했지요.

"나는 네놈들이 그렇게 처먹는 꼴을 보면 밥맛이 뚝 떨어져." 어떤 멍청한 놈이 이런 발언을 하더군요. 그래서 내가 대꾸를 했죠.

"쳐다보지 않으면 될 거 아냐."

"알기야 알지, 하지만 방법이 없는걸. 네놈들이 시

야를 몽땅 점령해버렸잖아. 우리도 다른 걸 좀 보고 싶은데 항상 시야를 가로막는 처진 살덩어리들이 있으니, 원."

우리는 피식 웃어버렸죠.

"웃어?"

"그래. 지금 웃기는 말을 했잖아. 그러니까 웃을 수밖에."

"군에서 훔친 음식 때문에 웃는 게 아니고?"

"훔치긴 누가 뭘 훔친다는 거야. 우리는 숨어서 먹지 않아. 여러 사람 앞에서 당당히 먹는다고."

"이거야 원. 그게 훔친 게 아니라는 증거는 아니잖아. 네놈들은 각자 우리가 먹는 양의 열 배를 먹어치운다고."

"그럼 자네들도 더 먹어. 아무도 안 말려."

"더 먹고 싶지 않아."

"그럼 뭐가 문제라는 거야?"

"네놈들은 미군을 도둑질하고 있어. 그건 즉, 미국을 도둑질하고 있는 거야."

"미국은 끄떡도 없는데."

"굶어죽는 미국인들이 어마어마하게 많다고."

"그게 우리 잘못은 아니지."

"뭘 알고나 하는 소리야? 네놈들 같은 도둑놈들과 모리배들 때문에 우리나라에 불쌍한 사람들이 생기는 거야."

"천만에. 그건 훨씬 더 높은 자리에 계신 도둑님들 때문이야."

"그러니까 너희들은 자신이 도둑이라는 걸 안다는 거네."

"그런 말 한 적 없어."

상황이 급물살을 타게 되었습니다.

보조가 제일 먼저 일어나더니 갈비씨 하나를 두들겨팼지요. 난 그 친구를 말리느라 애를 먹었고요.

"저놈이 원하는 게 바로 이거라고. 너도 잘 알잖아."

"본때를 보여주겠어!"

"안 돼! 그랬다간 영창으로 끌려갈 거야."

"아무도 날 잡아넣을 순 없어."

"감방 문부터 넓혀야 할 거다." 갈비씨가 고함을 치더라고요.

그때부터는 나도 더 이상 보조를 말릴 수가 없었어

요. 주먹다짐이 시작되었죠. 원래 싸울 때에는 뚱뚱한 사람들이 유리하잖아요. 당연히 그렇지요. 거대한 몸집으로 못 쓰러뜨릴 사람이 없으니까요. 우리의 아킬레스건이 있다면, 그건 넘어지는 거예요. 일단 넘어지면 일어나기가 너무나 힘들거든요. 놈들은 그걸 잘 알고 있었습니다. 갑자기 우리 발목 쪽에 납작 엎드리더니 병처럼 몸을 굴려 다리를 걸어 넘어뜨리려 하더라고요. 플럼피가 쿵 하고 쓰러지자 녀석들이 달려들어 주먹질을 퍼부었습니다. 우리는 플럼피를 구하려고 그 친구에게 악착같이 달라붙어 있는 그 멍청이들을 떼어냈지요. 마치 벼룩을 떼어내는 것 같았어요. 그때 취사병 하나가 고추로 양념을 한 칠리 요리를 가지고 들어왔습니다. 그러자 한 놈이 그의 손에서 냄비를 빼앗더니 낄낄거리며 부글부글 끓고 있던 칠리를 플럼피의 머리 위에 부었어요. "배가 고프냐? 이거나 처먹어라!" 취사병이 달려가 상관들을 불러왔고 우리는 곧 차려 자세를 취하게 되었지요. 그것으로 게임은 마무리되었습니다. 하지만 불쌍한 플럼피는 얼굴에 2도 화상을 입었어요. 이런 개자식들!

징계처분이 내려졌습니다. 그런데 그 징계가 말라

깽이들에게만 내려진 게 아니었어요! 진상조사 때, 상대편에서 싸움을 걸어왔다고 아무리 말을 해도 우리의 혐의는 벗어지지 않았습니다. 심지어 한 놈이 우리의 거대한 몸집을 보면 시비를 걸지 않을 수가 없다는 발언을 했습니다. 상사들은 아무런 이의를 제기하지 않았죠. 그 양반들이 그 말에 동의한다는 것이 느껴졌습니다.

보조는 플럼피의 얼굴을 망가뜨린 놈과 같은 형량을 받았습니다. 3일간 구금. 보조는 화를 냈지요.

"그럼, 우리는 그냥 모욕을 당하고만 있어야 한다는 겁니까?"

"상대를 신체적으로 공격하면 안 되지."

"신체를 공격한 건 저 쪽이란 말입니다."

"말장난은 그만두게."

아무도 입 밖에 내지는 않았지만, 재판이 진행되는 동안 우리는 모두 느낄 수 있었습니다. 그들이 얼마나 우리를 혐오하는지를요. 완곡하게 말하면 우리에게 연민을 느낀다고 할 수 있겠지만, 우리 뚱뚱이들은 혐오의 대상입니다, 아무렴요. 우리가 흉물스럽다는 점을 인정해야만 해요. 나는 우리들의 모습을 주의

깊게 관찰해보았습니다. 제일 흉한 데는 몸이 아니라 얼굴이에요. 살이 뒤룩뒤룩 찌면 표정이 흉해지는 동시에 무신경해보이고 징징대는 것 같기도 하고 뭔가 난처한 것 같으면서도 멍청해 보인답니다. 남의 마음에 들기란 애초부터 틀렸지요.

이런 우스꽝스러운 재판 이후로 우리의 사기는 땅에 떨어졌습니다. 기분을 달래려고 다 같이 카페테리아에 가서 밀크셰이크를 마시고 있는데 칠리를 가져왔던 취사병이 오더라고요. 그 친구는 우리 못지않게 화가 났다고 말하면서 플럼피를 걱정했지요. 날씬이가 우리 편이 되어주었다는 점에서 나는 그 친구에게 마음을 열었습니다. 우리가 이렇게까지 먹는 것은 저항을 하기 위해서이다, 우리가 당하는 폭력에 대한 극단적인 항변이다, 라고 말해주었지요.

"그 반대로 행동하는 게 더 현명하지 않을까?"

"그게 무슨 소리야?"

"단식투쟁을 하면 더 효과적으로 남들의 심금을 울릴 수 있을 테고, 여러 사람의 존경도 받을 수 있을 거라고."

경악한 우리는 서로 눈길을 주고받았습니다.

"자네, 지금 누구한테 이야기하고 있는지 알고 있는 거야?"

"단식투쟁은 아무나 할 수 있어." 이렇게 대답하는 그 순진한 영혼에게 내가 대답을 해 주었죠.

"우선, 나는 그걸 할 수 있는 아무나가 아니라고 생각해. 우리는 특히 더 그렇고. 너는 우리가 어마어마하게 큰 배를 가진 존재들로밖에 보이지 않는가 본데, 사실 우리는 세상에서 가장 지독한 중독자들이야. 그런 엄청난 분량의 음식은 헤로인보다 훨씬 더 센 마약하고 맞먹거든. 폭식은 말이야, 확실한 주사 한 방이야. 끝내주는 기분이 든다고. 머릿속에는 말로는 표현 못할 온갖 것들이 떠오르지. 우리에게 단식투쟁은 아주 심각한 수준의 중독치료와 같아. 헤로인 중독자들을 봐, 가두어놓아야 하잖아. 우리는, 독방에 가두어놓아도 소용없을걸. 우리가 먹지 못하게 하는 방법이 딱 한 가지 있어. 정신병자들에게 입히는 억압복 있잖아, 그걸 입히는 거지. 하지만 우리 사이즈가 있을 것 같진 않아."

"간디는……" 취사병이 말을 하려고 했지요.

"그만 해. 보조가 간디가 될 가능성이 얼마나 될 것

같으냐? 제로야. 나나 내 친구들도 마찬가지지. 우리더러 성인이 되라고 하다니, 구역질이 난다. 네가 해봐도 될 텐데, 왜 굳이 우리한테 그러는 거야?"

"글쎄, 난 그냥 형씨들을 위한 해결책을 찾고 있는 거야."

"그리고 늘 그렇지만, 너 같은 사람들은 그걸 자기 극복이라는 범위 내에서만 상상할 뿐이야. 뚱뚱이들에게는 그것밖에 없다고 생각하는 거겠지. 하지만 비만은 일종의 병이야. 누군가가 암에 걸렸다고 해봐, 아무도 그 사람에게 자기를 극복해야 한다는 따위의 파렴치한 말을 하지는 못할 거야. 그래, 나도 알아, 그렇게 비교할 수는 없겠지. 우리 몸무게가 180킬로그램이 나가는 건 우리 잘못이야. 돼지같이 먹어댔으니까. 암 환자들은 희생자들이지만 우린 아냐. 우리가 자초한 일인걸. 죄를 지은 거라고. 아, 그러니까 성인처럼 행동해서 보상을 해야 한다 이거지, 그렇게 끝내 버리라는 거로구나."

"그런 뜻이 아니야."

"그게 그거지 뭐."

"젠장, 이봐, 난 형씨들 편이란 말이야."

생명의 한 형태

"나도 알아. 그런데 말이야, 친구들조차 우리를 이해하지 못한다는 거, 그게 또 끔찍한 거라고. 비만은 누군가와 나눌 수 있는 경험이 아닌 거야."

그때, 나는 당신을 생각했습니다. 당신은 나를 이해하는 것 같거든요. 하지만 그건 우리가 편지를 주고받고 있다는 것 때문에 생긴 착각이 아닐까라는 생각도 들어요. 당신도 섭식장애를 경험했다는 걸 나도 알고 있습니다. 그렇지만 나의 경우와는 아주 다른 것이었죠. 아니면 당신이 작가이기 때문일까요. 사람들은 소설가가 사람들의 영혼에, 자신이 겪어보지 않은 경험에 가까이 다가갈 수 있다고 믿잖아요. 어쩌면 그것은 어리석은 믿음인지도 모르겠습니다. 나는 트루먼 카포트의 『인 콜드 블러드』를 읽으면서 문득 그런 느낌을 받았죠. 작가가 등장인물 한 사람 한 사람을 내면 깊숙이까지 알고 있다는 느낌. 주인공이 아닌 조연들까지도 말입니다. 나는 당신이 나를 그렇게 알아주었으면 합니다. 말도 안 되는 바람이겠죠. 내가 당하는 멸시, 나의 고통의 근본인 그 모욕 때문에 생겨난 터무니없는 소망. 나에게는 이 모든 것과 상관없는 동시에 나와 아주 가까운 사람이 필요하니다. 작가가 바로 그런 존재이지 않나요?

당신이 당신 말고도 다른 작가가 있다, 게다가 영어는 당신의 모국어가 아니다, 라고 말할 수도 있어요. 압니다. 하지만 내게 그런 영감을 준 작가가 당신인 걸 어떡하겠습니까. 나도 어쩔 수가 없어요. 머릿속으로 현존하는 모든 소설가들을 한 사람 한 사람 떠올려보았습니다. 물론 당신이 독자들의 편지에 일일이 답장을 한다는 기사는 나도 읽어보았습니다. 흔치 않은 일이지요. 그렇지만 맹세코 그 때문에 당신에게 편지를 쓰기 시작했던 건 아닙니다. 그건 뭐랄까, 당신에게는 모든 것이 가능할 것 같았기 때문입니다. 설명하기가 어렵네요.

안심하세요. 당신을 정신과 의사 대신이라고 생각하고 있지는 않습니다. 정신과 의사라면 여기에도 없지 않으니까요. 몇 번 상담도 받아보았고요. 극도의 침묵을 지키는 의사 앞에서 45분 동안 이야기를 하고 났더니 항우울제를 처방해주더군요. 난 그 약을 먹지 않았습니다. 정신과 의사에게 악감정을 가지고 있지는 않아요. 그저 미군에 소속된 의사들이 나를 설득하지 못했다는 것을 말하려는 거예요. 당신에게 기대하는 것은 다른 겁니다.

　나는 당신을 위해 존재하고 싶습니다. 너무 거창한가요? 나도 잘 모르겠습니다. 만약 그렇다면 용서하세요. 내가 정말 진심으로 당신에게 할 수 있는 말은 이것뿐입니다. 나는 당신을 위해 존재하고 싶어요.

　진심을 담아

　2009년 3월 31일 바그다드에서

　멜빈 매플

나를 위해 살고 싶고 나에게는 모든 것이 가능할 것이라고 느꼈던 사람이 멜빈이 처음은 결코 아니었다. 그러나 그런 말을 그렇게 간단하고도 명료하게 하는 사람은 극히 드물었다.

그런 종류의 제안을 받으면 나는 그것이 나에게 어떤 영향을 미치는지 잘 알 수가 없었다. 감동과 걱정이 복합된 오묘한 느낌이 들었으니까. 그런 말들을 선물에 비교하자면, 그건 강아지를 한 마리 선물로 받는 것과 같다. 강아지에 감동을 하면서도 신경 써야 하는 것이 생겼구나, 누가 이런 선물을 달라고 했나, 뭐 이런 느낌. 또 한편으로는 착한 눈을 하고 한쪽에 얌전히 앉아 있는 강아지를 보며 그래, 별것 아닐 거야, 먹다 담은 음식을 주자, 어럽지 않을 거야,라고 생각하는 그런 것. 비극적인, 그러나 피할 수 없는 실수다.

멜빈 매플을 강아지에 비유하는 것은 결코 아니다. 내가 여기에서 동일시하려는 것은 이런 종류의 고백이다. 가끔씩 말도 안 되는 문장을 만날 때가 있다. 내포하는 바가 음흉한.

친애하는 멜빈 매플,

당신의 편지에 감동받았어요. 나를 위해 존재하고 싶다고 했죠, 그러세요. 『인 콜드 블러드』는 걸작이에요. 분명 트루먼 카포트의 능력 같은 건 내게 없지만, 당신만큼은 알 것 같다는 생각이 드네요.

주먹다짐과 그 후에 일어난 일들은 정말 유감이에요. 그건 공정하지 않아요. 당신의 기분을 이해할 수 있을 것 같아요. 사람들이 당신들에게 남들은 결코 하지 못할 무리한 것을 요구하고 있어요. 위대한 영혼을 말예요. 마치 당신들의 비만에 대해 용서를 구하기라도 해야 한다는 것 같잖아요. 플럼피에게 내가 걱정하더라는 말을 전해주세요.

나에게 모든 것이 가능한지는 나도 모르겠네요. 그 의미가 포괄하는 범위가 어디까지인지 알 수가 없으니까요. 당신이 나를 위해 존재한다는 것만은 잘 알겠어요.

우정을 담아
2009년 4월 6일 파리에서
아멜리 노통브

이 편지를 부치면서 나는 생각했다. 역시 신중한 건 나와 거리가 멀다고.

아멜리 노통브에게,

미안합니다, 지난번 편지에서는 내가 너무 무분별했습니다. 당신에게는 모든 것이 가능하다는 말이 이상하게 들렸을 거예요. 불손한 뜻으로 그런 말을 한 건 아니었습니다. 나는 내 감정을 표현하는 데 서툴러요. 이미 몇 번이나 시도해봤지만 나에게는 그런 재능이 없더라고요. 내가 당신을 위해 존재해도 좋다고 써 주어서 고맙습니다. 나에게는 굉장히 중요한 것이거든요.

혹시 아는지 모르겠지만, 나는 여기에서 개 같은 삶을 살고 있어요. 당신을 위해 산다면, 그건 마치 내가 다른 곳에서 다른 삶을 사는 것과 마찬가지가 되는 거예요. 당신의 생각 속에서 사는 삶 말입니다. 당신이 상상하는 인물이 되고 싶다는 것은 아닙니다. 당신이 내게 어떤 형태의 삶을 살게 할지 모르니까요. 나는 당신 두뇌에 입력된 데이터예요. 그럼 내가 바그다드에서 만들어낸 육체에만 매달리지 않아도 되는 거지요. 그런 생각에 나는 위안을 얻는답니다.

4월 6일에 편지를 보내주었네요. 어제 날짜의 뉴욕 타임스에서 당신이 오바마 대통령의 프랑스 방문에 대해 쓴 글을 읽었습니다. 프랑스를 대표하는 인물로 당신을 선택하다니, 좀 우스웠어요. 당신은 벨기에 사람인데. 신문에서 당신의 서명을 보니 감동이 밀려오더군요. 내가 동료들에게 그걸 보여주었더니 "이 사람과 편지를 주고받는 거냐?"고들 하더라고요. 우쭐했지요. 당신의 글이 마음에 들었습니다. 사르코지 대통령에 대한 부분을 읽고는 배꼽을 잡았어요.

4월 7일에는 영국군이 철수하기 시작했답니다. 영

국군들과 알고 지내지는 않았습니다. 그래도 역시 그 친구들의 철수문제가 일사천리로 진행되는 것을 보니 답답하고 원통하긴 하더라고요. 그래요, 우리 미군은 숫자가 더 많으니까. 하지만 우리가 여기서 하는 일이 뭘까요? 가끔은 내가 이라크에서 이렇게 살이 찐 것은, 뭔가 할 일이 필요해서라는 생각을 합니다. 이런 말을 하는 게 파렴치해 보일지도 몰라요. 여기 이 나라에서 여러 가지 일을 했다는 건 나도 압니다. 많은 사람들을 죽이고 엄청난 사회기반시설들을 파괴하는 등등. 나도 그 일을 거들었고 끔찍한 기억을 가지고 있지요. 나는 결백하지 않아요. 발뺌을 할 생각은 없습니다. 그렇지만 그 일을 한 게 바로 나라는 것이 느껴지지 않아요. 양심이니 수치심이니 개념이니, 모든 게 다 느껴지는데, 감각이 없단 말입니다.

 어떤 행동을 했다는 감각은 어디에서 오는 걸까요? 스물다섯 살에, 노숙을 하면서 나는 펜실베이니아 어느 숲속에다가 오두막 비슷한 것을 지었습니다. 내 손으로 지은 집이었던 만큼 내가 그 초라한 집에 연결되었다는 느낌이 들었지요. 그런 느낌을 지금은 내 지방덩어리에서 느끼고 있습니다. 어쩌면 이 지방은

생명의 한 형태

내가 저지르고도 감각으로 느끼지 못하는 나쁜 짓들을 내 몸 속에 새겨놓기 위해 내 나름대로 찾은 수단일지도 모르겠어요. 간단하지가 않네요.

요컨대, 이 살들은 나의 작품이 되어버렸고 난 열정을 가지고 이 작업을 계속 해 나가고 있답니다. 미친 놈처럼 먹고 있지요. 가끔씩 혼자서 이런 생각을 하곤 한답니다. '당신과 좋은 관계를 유지하고 있는 것은, 당신이 나를 한 번도 보지 못했기 때문이다. 특히 내가 먹는 꼴을 못 보았기 때문이다' 라구요.

죽은 이기는 살아 있을 때, 자기가 그렇게까지 비대해진 이유는 세상과 자신 사이에 성벽을 쌓기 위해서라고 말하곤 했습니다. 맞는 말이었어요. 그 성벽이 사라져버리자 이기는 더 이상 살지 못했죠. 그게 바로 그 증거예요. 우리는 제각각 우리들의 지방덩어리에 관해 서로 다른 이론들을 가지고 있답니다. 보조는 자기의 지방은 곧 심술이라면서 더욱더 심술맞아지기 위해 최대한 지방을 축적할 거라고 하지요. 그 친구가 무슨 말을 하고 싶은 건지, 나는 이해합니다. 우리의 비대한 몸을 보아야 하는 고통을 안겨줌으로써 남들을 괴롭히고 싶은 거예요, 아주 간단하죠. 플럼피는 살이 쪘더니 다시 아기가 된 것 같다더군요. 그렇게 혐오스러운 아기는 본 적이 없다는 말은 차마 해 주지 못했습니다.

나의 이론은 따로 있습니다. 아까 내 몸이 나의 작품이라고 했던 말은 농담이 아니었어요. 이 대목에서야말로 당신은 나를 이해할 수 있을 겁니다. 당신도 작품을 탄생시켰으니까요. 작품이 과연 무엇이 될지, 우리는 알 수가 없잖아요. 심혈을 쏟아붓지만 우리의 작품은 미스터리로 남아 있지요. 이쯤에서 비교를 그만두어야겠네요. 당신의 작품은 굉장하다는 인정을 받고 있습니다. 자부심을 가지셔도 좋아요. 정말로 그럴 만하거든요. 그런데 나의 작품은 말입니다, 그게 어느 한 구석에서도 예술적인 면을 발견할 수는 없겠지만, 어떤 의미를 가지고 있는 것이랍니다. 물론 일부러 한 것도 아니고 미리 계획을 한 것도 아니었습니다. 내 의지와도 상관없는 일이었고요. 그럼에도 불구하고, 미친놈처럼 먹어대는 중에 창작의 열정과 비슷할 것이라고 생각되는 어떤 환희가 느껴지더란 말이지요.

체중계에 올라갈 때면 두렵기도 하고 창피하기도

합니다. 이미 어마어마해진 수치가 더 소름끼치게 높아졌으리라는 사실을 알기 때문이죠. 그런데도 새로운 판결이 나올 때마다, 몸무게의 한계를 또 한 번 넘을 때마다, 나는 충격을 받는 한편 감동을 받는답니다. 내게 이런 능력이 있었구나. 그러니까 내 몸이 불어나는 데에는 한계가 없는 겁니다. 멈출 이유도 없고요. 내가 어디까지 올라갈 수 있을까요? '올라간다'는 표현을 쓴 이유는 숫자 때문이지만 그리 적절한 것 같진 않네요. 위로 늘어난다기보다는 옆으로 넓어지고 있으니까요. '불어나고 있다'는 표현이 정확할 것 같습니다. 마치 내가 이라크에 도착함과 동시에 내부에서 빅뱅이 일어난 것처럼 말이죠.

밥을 먹고 나서 의자에 주저앉을 때면(군 당국에서는 변형되지 않는 철제 의자를 주문해야 했어요) 가끔씩 나만의 생각에 빠져 이렇게 혼잣말을 합니다. "아, 살이 찌고 있는 게 분명해. 내 배때기가 일을 시작한 거야." 음식이 지방조직으로 변화하는 과정을 상상하는 건 정말 멋지답니다. 몸은 정말 굉장한 기계입니다. 지방질이 구성되는 그 순간을 감각으로 잡아내지 못하다니, 얼마나 아쉬운지 모르겠습니다. 참

재미있을 텐데 말이죠.

　뚱보 동료들에게 그런 이야기를 해 보았더니 혐오스럽다고 대답하더군요. 그래서 이렇게 말해주었죠. "살찌는 게 역겹다면 그만두지 그래." 그랬더니 곧 내 말을 받아치더라고요. "자네도 그만두지 않을 거잖아." "당연하지. 하지만 선택의 여지가 없다면 차라리 즐겁게 살이 찌는 게 어떨까? 호기심을 가지고 말이야. 이것도 하나의 경험이야, 그렇지 않아?" 이 말에 다들 나를 정신 나간 놈 보듯 쳐다보더라고요.

　당신은 그 친구들보다 나를 더 잘 이해할 수 있을 거예요. 비록 당신의 창작은 자부심이 넘치는 가운데 일종의 최면 상태에서 의도적으로 이루어진 것이지만, 그리고 당신이 그 창작의 산물을 읽을 때에는 내가 나의 배를 쳐다보면서 간신히 느낀 그런 열정이 자연스럽게 솟아나겠지만, 당신 역시 당신의 작품을 이해하지 못하리라는 것을 나는 알고 있습니다.

　용기를 내어 벌거벗은 상태로 거울 속의 내 모습을 들여다볼 때가 있습니다. 그럴 때면, 나는 거울에 비친 처참한 모습을 참아내려고 기를 쓰면서 이렇게 생각한답니다. '이게 나야. 나는 나인 동시에 내가 한

생명의 한 형태

짓의 결과물이기도 해. 나 말고는 아무도 이런 작품을 완성했다는 사실에 자부심을 느낄 수 없어. 그런데 정말 혼자서 이런 걸 만들어 낸 주인공이 내가 맞단 말이야? 말도 안 돼.'

최근에 당신이 65번째 작품을 쓰고 있다는 뉴스를 접했습니다. 그래요, 당신의 책은 두껍지 않아요. 하지만 아무리 그래도 그 65번째 책을 볼 때, 당신 역시 혼자서 그것을 만들어냈다는 것이 믿기지 않을 거예요. 게다가 그것으로 끝이 아니잖아요, 당신은 계속 글을 쓸 테니까요.

내가 미쳤다거나 몰상식하다고 생각하지 말아주길 바랍니다.

진심을 담아

2009년 4월 11일

멜빈 매플

고백하건대, 뉴욕타임스에 기고한 나의 글 〈헛되고 헛되노니 모든 것이 헛되도다. Vanitas vanitatum sed omnia vanitas.〉에 대해 그가 언급한 부분에서는 감동을 받았다. 나머지는, 그의 의도가 무엇인지 알 수는 있었지만, 어딘가 모르게 불편했다. 잉크와 종이로 빚어낸 나의 자식들을 자기의 비곗덩어리에 비교할 생각을 하다니. 자존심을 걸고 맹세하지만, 나는 고행 속에 배고픔을 견디며 글을 썼고 그런 최상의 행위에 이르기 위해서는 내가 가진 힘을 밑바닥까지 박박 긁어내야만 했었다. 놀라운 규모라고는 하지만 살이 찌는 것은 누가 뭐래도 그보다 덜 고통스러웠을 것이 아닌가.

하지만 퉁명스럽게 답장을 한다는 것은 생각할 수 없는 일이었다. 편지 말미에 그런 눈치를 주는 것이 나을 것 같았다.

친애하는 멜빈 매플,

지금은 66번째 작품을 쓰고 있어요. 그렇게 적절한 비유를 하다니, 놀라지 않을 수 없더군요. 당신의 편지를 읽으면서 바디아트(bodyart)라는 전위적인 현대예술을 떠올렸답니다. 예전에 미술을 전공하는 어떤 여학생과 알고 지냈었는데, 그 학생이 졸업 작품 주제로 자기가 앓고 있던 거식증을 선택했었어요. 욕실 거울 앞에 서서 자신이 말라가는 과정을 사진으로 찍고 끊임없이 내려가는 몸무게를 기록하고 빠진 머리카락을 주워 모아 몸무게를 기록한 숫자 옆에다가 나란히 붙여나가고 생리가 멈춘 날을 써 넣는 등등의 작업을 끈기 있게 계속해나갔죠. 결국에는 〈나의 거식증〉이라는 제목 아래 개요서의 형태로 졸업 작품을 제출했지요. 그 안에는 마지막까지 설명은 단 한 줄도 들어 있지 않았고 사진과 날짜와 몸무게와 몇 뭉텅이의 머리카락만 들어 있었어요. 그 마지막이라는 게, 그 학생의 경우에는 죽음이 아니라 작품의 분량으로 정해져 있던 100페이지였답니다. 겨우 작품을 들고 발표를 하는 그 학생에게 교수들은 최고점을 주었죠. 작품 발표를 마치고 나서 그 여학생은 병원으로 들어갔고요. 이제 그 학생의 상태는 많이 좋아졌어요. 나는 그것이 그 애가 거식증을 학생의 입장에서 시도한 덕분일 것이라는 가능성을 배제할 수가 없네요. 거식증은 그 병에 걸렸다는 선고를 받는 것이 아니라 스스로 인정하는 것이 필요하거든요. 그 학생은 졸업 작품이라는 신경 쓰이는 문제를 잘 해결하는 동시에 병을 이겨내는 지혜로운 방법을 찾았던 거예요.

무타티스 무탄디스(Mutatis mutandis), 즉, 고칠 것은 고치면서 당신도 그 학생을 따라할 수 있을 것이라 생각해요. 당신이 여태까지 체중이 늘어가는 과정을 사진으로 찍어두었는지는 모르겠지만, 이제라도 너무 늦지는 않았어요. 변화해가는 체중과 모든 신체적, 정신적인 증상을 적어 보세요. 당신이 날씬했을 때의 사진을 가지고 있겠지요. 그걸 일지의 맨 위에 붙이세요. 계속 살이 쪄 나갈 테니까 갈수록 더 놀라운 사진을 찍을 수 있을 거예요. 몸의 여러 부위 중에서 살이 제일 많이 찐 부분을 찾으세요. 하지만 발처럼 등한시되는 부분도 눈여겨보아야 해요. 배나 팔뚝처럼 불어나진 않았겠지만 분명 신발 치수가 커졌을 거예요.

그래요, 멜빈, 당신이 옳아요. 당신의 비만은 당신의 작품이에요. 당신은 현대 예술이라는 파도 위에서 서핑을 하고 있는 거예요. 이제부터는 활동을 시작해야 해요. 당신의 예술 활동에 있어서는 그 결과만큼 과정이 중요하기 때문이에요. 바디아트의 대가들이 당신을 인정하게 만들려면 당신이 먹는 것들도 모두 기록해야 하겠죠. 거식증 여학생의 작품에서 이 부분은 아주 간단했어요. 매일같이 아무것도 먹지 않았으니까요. 당신의 경우에는 너무 장황해서 지루해질 수가 있겠네요. 용기를 내세요. 작품을 생각하세요. 그것이 예술가의 유일한 존재 이유니까요.

  우정을 담아
  2009년 4월 21일
  아멜리 노통브

이 편지를 부치면서 대체 내 마음이 어떤 상태인지 알 수가 없었다. 편지에 진심을 적은 것인지, 아니면 상대를 조롱한 것인지 내 자신도 구별할 수가 없었다. 멜빈 매플이라는 사람이 존경스럽기도 하고 가엾기도 하지만, 사람이든 아니든 어떤 존재를 대할 때 내가 단 하나의 예외도 없이 백 퍼센트 부딪치게 되는 그 문제가 그와의 관계에서도 불거지고 말았다. 경계. 얼굴을 대하든 편지를 주고받든 간에 우리는 타인을 만난다. 첫 단계는 상대의 존재를 인정하는 것이다. 가끔씩 그 단계에서 감탄하는 때도 있다. 그 순간, 우리는 무인도 해변에서 만난 로빈슨 크루소요, 방드르디다. 깜짝 놀라 서로를 바라본다. 이 우주에 나와 이렇게나 다른 동시에 이렇게 비슷한 누군가가 존재한다는 사실에 기뻐 어쩔 줄을 모른다. 상대가 인정을 해 주면 해 줄수록 우리의 존재는 더욱더 확실해진다. 이어 우리의 말에 대답을 하는 신의 섭리로 만난 그 상대에 대한 열정의 폭발을 경험한다. 그리하여 그에게 친구니 사랑이니 동지니 주인이니 아니면 동료라는 등의 어마어마한 이름을 부여하는 것이다. 순정적인 사랑이다. 동일성과 이타성이 교체하는 통에("나랑 똑같잖아! 나랑 정반대네!") 우리는 얼이 빠지고 환희에 겨워 어린아이같이 즐거워한다. 너무나 심하게 도취한 나머지 위험이 다가오는 것을 보지 못한다.

그러다가 어느 한 순간 타인이 너무 가까이 다가온다. 바로 우리 집 문 앞에 나타나는 등등. 갑작스러운 상황에 정신이 번쩍 들지만 집에까지 초대하지는 않았다는 말을 어떻게 꺼내야 할까 망설여진다. 이제는 더 이상 그가 좋지 않아서가 아니라 그가 자신이 아닌 타인이기 때문이다. 그런데 그 타인은 나를 자신과 동일시하려는 듯, 혹은 자신을 나와 동일시하려는 듯이 더욱더 가까이 다가온다.

이제는 우리의 의도를 확실하게 알려야 한다는 사실을 깨닫는다. 대놓고 말을 하든지 아니면 은근슬쩍 암시를 하든지, 방법은 여러 가지가 있다. 짚고 넘어가야 하는 부분이지만 어떤 경우든 까다롭고 껄끄럽다. 관계들 중 2/3는 이 단계를 생략한다. 그렇게 되면 친밀함과 오해와 침묵이 자리잡게 된다. 가끔은 증오마저도. 이처럼 실패를 한 경우에는, 진실한 우정이 바탕에 깔려 있다면 아무것도 문제될 것이 없으리라는 몹쓸 믿음이 지배적이 된다. 사실이 아니다. 이런 위기는 불가항력적인 것이다. 타인을 한없이 좋아한다 해도, 집 안에 들일 마음의 준비를 하기는 좀처럼 쉽지 않다.

편지를 주고받으면 그런 위험으로부터 안전할 것이라는 착각을 할 수도 있다. 틀렸다. 타인들은 당신의 집에 들이닥쳐 자리를 차지할 수십 가지 방법을 생각해낸다. 나와 같은 방식으로 행동하고 내 문체를 모방해 글을 쓴다고 고백하는 편지를 보내왔던 사람들이 얼마나 많은지 이제는 헤아릴 수조차 없다. 멜빈 매플은 자신을 나와 동일시하는 매우 독특한 방법을 찾아냈다.

사람들에게는 저마다 나라들이 있다. 그렇게 많은 나라가 존재한다는 것, 그리고 대륙판들의 끊임없는 움직임으로 인해 그토록 새로운 섬들이 생겨난다는 것은 정말 멋진 일이다. 그러나 이런 판 구조론 때문에 당신의 나라 해안에 웬 듣도 보도 못한 땅이 달라붙게 된다면 당장 적의

가 솟구친다. 해결책은 딱 두 가지밖에 없다. 전쟁을 하거나 외교적으로 풀거나.

나는 외교적인 해결방법을 우선으로 하는 편이지만 멜빈에게 보낸 마지막 편지가 그런 성향의 것인지 확신할 수가 없었다. 그보다 더 중요한 건 그에게 편지를 보내야 할 것만 같다는 느낌이었다. 그의 반응이 내 편지의 성격을 판별해주리라.

외교적인 편지라는 표현은 동어반복이다. 왜냐하면 '외교관(diplomate)'이라는 단어는 '한 번 접은 종이' 혹은 '편지'라는 의미를 가진 고대 그리스어 '디플로마(diploma)'에 그 기원을 두고 있기 때문이다. 외교는 편지 교환으로 시작되었던 것이다. 확실히 편지는 어떤 이야기를 상냥하게 할 수 있는 수단이다. 여기에서 비롯된 관습이 두 가지 있다. 외교관은 보통 편지를 많이 쓴다는 것, 그리고 편지글이라는 장르는 보통 외교적인 형식을 갖추고 있다는 것.

여러 종류의 글이 있지만 편지는 유독 한 사람만을 위해 씌어진다. 나는 막연한 불안감을 안고 그 한 사람의 답장을 기다렸다. 조바심이 나서 불안한 것은 아니었다. 답장을 하지 않는 것이 당연한 반응이었으니까.

프랑스 생활에 지친 나는 벨기에서 일주일 동안 휴식을 취하기로 했다. 7일간, 나는 꿈만 같은 호사를 누렸다. 바로 편지가 정말 단 한 통도 오지 않는 상태. 과다가 결핍만큼 견디기 어렵다는 점에서는 편지도 다른 것들과 똑같다. 나는 그 두 가지 극단적인 상황을 몸소 체험해보았다. 나로 말하자면 그래도 넘치는 쪽을 더 마음에 들어 하는 것 같지만 역시 괴롭다는 점에서는 마찬가지이다. 길고도 길었던 10대 시절, 나는 운명처럼 편지가 오지 않는 상태를 견뎌야만 했다. 편지가 오지 않으면 아무도 나에게 관심이 없다는 느낌, 거부당했다는 느낌, 페스트 환자가 된 것만 같은 처참한 느낌이 든다. 편지가 과하게 많으면 또 어떤가. 나를 한 입에 꿀꺽 해 버릴 기세의 피라니아가 득실거리는 늪에 내동댕이쳐진 것만 같은 기분이다. 그 둘의 딱 중간, 무척 기분 좋을 것임에 틀림없는 그 상태는 내게 '테라 인코그니타(terra incognita)', 즉 미지의 영역이다.

막다른 골목에 다다른 나는 도망치는 것 말고는 다른 해결책을 찾아내지 못했다. 이런 문제의 좋은 점은 다른 사람들이 깨닫지 못한 행복을 맛본다는 것이다. 편지를 받지 않는 기쁨과 쓰지 않는 황홀감.

게다가 특별한 환희가 넘치는 그 기간 동안 머릿속에서 끊임없이 속삭이는 깜찍한 악마의 목소리는 또 어떤가. "지금 넌 무게 일 톤짜리 봉투를 열지 않아도 되는 거야. 지금 넌 '아무개 씨에게'라는 문장을 안 써도 돼. 답장을 보내지 않아도 된다고……" 상투적인 말이지만 내 안에서 울리는 이 속삭임이 즐거움을 열다섯 배나 키워준다.

최상의 행복에는 반드시 끝이 있는 법. 4월 29일, 나는 파리행 기차에 몸을 실었고 4월 30일에는 다시 사무실에 나갔다. 크기가 제각각인 봉투 무더기가 내 책상을 뒤덮고 있었다.

나는 숨을 크게 들이쉰 다음 그 앞에 앉았다. 적과 맞서기 위한 나만의 방법이 하나 있다. 우선 편지를 분류하는 것이다. 맨 먼저, 아는 사람들이 보낸 편지들과 모르는 사람들이 보낸 편지들을 구별해 놓고, 그 다음으로는 모르는 사람이 보낸 편지들 중에서 읽어보고 싶은 것들은 왼쪽에, 장황해서 지겨워 보이는 것들은 오른쪽에 모아둔다. 항상 그렇지만 오른쪽에 쌓이는 편지들은 그 양이 어마어마하다. 다시 한 번 말하지만 바람직한 편지는 짧고 바람직하지 못한 편지는 길다는 것, 그것은 자연의 법칙이다. 이 법칙은 욕망과 관련된 모든 방면에 적용된다. 홀

륭한 요리는 접시가 넘치도록 가득 담지 않고 최상급 포도주는 잔에 그득 차게 따르지 않으며 세련된 사람들의 날씬하고 기대되는 만남은 여럿이 아닌 단둘의 만남이 아닌가.

이 법칙은 너무나 깊게 뿌리박혀 있어 손을 댈 수조차 없다. 헛일이다. 나와 편지를 주고받는 사람들 중에 마음이 통하는, 그러나 심하게 달변인 이들에게 앞뒤를 채운 한 장 이상의 편지는 써 보내지 말라는 부탁을 몇 번이나 했던가? 그 한 장에 그들의 본모습이 충분히 드러난다는 설명을 대체 몇 번이나 했단 말인가?

친절하게도 그들은 두세 번쯤 나의 뜻을 존중해주다가, 그 다음부터는 가차없이 군더더기를 붙인다. 우선 간단한 우편엽서를 끼워 보내다가, 뒤이어 슬그머니 편지지 한 장을 더 채우는가 싶으면, 어느새 버릇대로 장광설을 늘어놓아 봉투를 곤란하리만치 두툼하게 만들어버린다. 누가 보면 소풍 가는 사람의 꾸러미라고 할 만큼. 편지의 분량도 문체와 마찬가지로 그 사람 자체. 어쩔 수가 없는 것 같다.

그런 점에서는 나도 마찬가지여서 미사여구로 꾸며진 편지보다 간단한 편지를 원하는 것이다. 아무튼 나는 우선 편지의 분량을 보고, 토하지 않고 읽을 수 있는지 없는지 가늠하기 위해 내용을 대충 훑어본다. 마지막으로 편지라는 이름에 합당한 것들, 즉 짧은 편지들을 남겨둔다. 이것이 마무리의 전략이다.

4월 30일, 편지를 분류하다가 이라크 소인이 찍힌 봉투를 발견했다. 멜빈 매플을 잊은 건 아니었지만, 일주일 동안 그는 나의 관심사에서 벗어나 있었다. 그 편지를 보고 나니 내 안에서는 기쁨과 부담이 교차했다. 나만의 방법에 충실하기 위해, 우선 나는 가위로 모든 봉투를 열었다. 한 시간이 걸리는 작업이었다. 우선적으로 나는 우리 미군 아저씨의 편지를 먼저 읽었다.

아멜리 노통브에게,

편지 고마웠습니다. 당신의 편지를 읽고 얼마나 흥분을 했는지 몰라요. 당신은 나를 이해해 주었을 뿐만 아니라 기가 막힌 아이디어를 제공해줬어요. 바그다드에 배치되자마자 당신에게 편지를 보냈더라면 얼마나 좋았을까요! 그랬더라면 살이 찌기 시작했을 때부터 사진을 찍었을 것이고 나의 비만기록은 더더욱 볼 만했을 텐데요. 하지만 당신 말이 맞아요, 아직 늦지 않았어요. 55킬로그램이 나갈 때 찍은 사진도 몇 장 있고 80킬로그램일 때 찍은 사진도 몇 장이 있으니까 그런대로 내 몸이 변하는 과정을 그려나갈 수 있을 거예요. 당신 덕분에 이제 몸무게를 재는 아침마다 나는 기쁨에 넘친답니다. 몸무게가 제자리인 적은 없거든요. 물론 좋은 날도 있고 나쁜 날도 있지요. 가끔씩 100그램밖에 늘지 않은 날이 있으니까요. 그렇지만 24시간 만에 1킬로그램이 불어날 때가 있는데, 그럴 땐 기분이 날아갈 것만 같답니다.

 내가 먹은 것을 모두 적으라는 제안을 하면서 당신이 좀 불편해하는 것 같던데, 그럴 필요는 없습니다. 지금 난 수첩을 가지고 식탁 앞에 앉아 있어요. 먹는 걸 적으면서 내가 얼마나 뿌듯해하는지 당신은 상상도 못할 거예요. 내 계획을 말했더니 동료들이 발벗고 나서서 도와주고 있습니다. 도움이 많이 되네요. 감자 칩이나 땅콩 한 봉지처럼 깜박하는 것이 늘 있으니까요. 이 예술적인 프로젝트는 이제 우리의 프로젝트가 되었답니다. 내 몸은 단순히 나만의 작품이 아니라 여기 함께 있는 동료들의 작품이기도 해요. 그 친구들이 많이 먹으라고 응원도 해 주고 사진도 찍어 줍니다. 나는 그 녀석들이 아이디어를 훔쳐 갈까봐, 자기들도 노트에 비만해가는 과정을 기록할까봐 걱정을 했었습니다. 괜한 걱정이었지요. 별 매력을 느끼지 못하는 것 같더라고요. 미적 개념이 없는 거죠. 하지만 나의 계획을 듣고는 박수를 쳐 주었습니다. 내 별명이 뭔지 아세요? 바디아트랍니다. 아주 맘에 들어요.

이 아이디어를 당신이 주었다고 털어놓았더니, 녀석들이 감동을 하더군요. 당신 말고 대체 누가 그런 생각을 했겠어요? 작가라서 할 수 있는 생각이 아니라 바로 당신이라서 할 수 있는 생각이겠지요. 아는지 모르지만, 나는 책을 많이 읽었습니다. 한 작가의 전 작품을 읽어가면서 흔히들 말하듯 여러 작가들을 두루 섭렵했죠. 그렇지만 확실하게 말할 수 있어요. '이 아이디어는 아멜리 노통브의 것이다.'

고맙습니다. 지난번 보내준 당신의 편지 덕분에 나는 나의 존재 이유를 찾았어요. 이런 것이 모든 작가들의 목표가 되어야 할 것 같다고 생각해요. 당신은 이런 훌륭한 역할을 맡을 만한 자격이 있는 사람이에요. 내 몸이 나의 작품이라는 말을 하면서, 사실은 당신이 나를 비웃을 것이라고 생각했습니다. 그런데 당신은 그렇게 하지 않았을 뿐더러 작품을 완성하고 나의 꿈을 여러 사람들과 공유할 수 있는 방법을 가르쳐 주었어요. 당신이 내게 만들어 보라고 권한 노트가 없다면, 내가 변화해 간 과정을 어떻게 타인에게 설명할 수 있겠어요?

나의 작품에는 정치적인 의미가 깃들어 있어요. 그래서 더 중요하다고 할 수 있지요. 나의 살은 거저 붙은 게 아닙니다. 이번 전쟁의 전례 없는 참혹함을 온 천하에 드러내겠다는 나의 맹세를 하나하나 몸에 새겨둔 것이죠. 살이 찌는 것으로 설득력을 확보할 수 있어요. 내 커다란 몸은 양측 진영에서 입은 인명 피해의 규모가 얼마나 컸는지를 나타내준답니다. 그뿐만이 아니라 결코 정상적인 외모로 돌아갈 수 없으리라는 사실을 보여주고 있지요. 100킬로그램 이상을 빼는 것이 가능하다고 해도 시간이 얼마나 오래 걸릴 것이며 얼마만큼의 뼈를 깎는 노력을 해야 하겠어요? 살이 빠진 다음에는 또 어떻고요. 살갗이 노인네 피부처럼 물렁물렁하고 축축 처질 거예요. 다시 살이 찌지 않으리라는 보장도 없어요. 음식처럼 중독성이 강한 것도 없으니까요.

현대전들은 예외 없이 적군과 아군에 지울 수 없는 흔적을 남겼습니다. 이라크전이 만들어낸 피해 중에서, 내 생각으로는 비만이 가장 상징적인 것 같습니다. 존슨 대통령에게 네이팜탄이 있다면, 부시 대통령에게는 우리의 넘치는 지방이 있다고나 할까요.

아무도 심판을 받지는 않을 것입니다. 하지만 적어도 쏟아지는 비난을 피할 수는 없을 거예요. 그럴 때를 대비하기 위해서는 작품만큼 좋은 게 없을 것 같아요. 미국에 돌아가서 친구들을 동원하면, 언론의 관심을 끌 수 있는 방법을 쉽게 찾을 수 있을 겁니다. 그리고 혹시 압니까, 화랑 주인들이 관심을 보일지. 살을 안 빼면 이런 이득이 있는 거예요. 잘됐죠, 뭐. 어차피 살 뺄 생각도 없으니까요.

진심을 담아
2009년 4월 26일 바그다드에서
멜빈 매플

이 편지를 읽고 나는 경악을 했다. 첫 부분부터가 영 찜찜했다. 그럴 자격이 없는데 칭찬과 감사의 말을 들으니 불편했던 것이다. 지난번 나의 편지가 노골적으로 상대를 놀리거나 한 것은 분명 아니었지만 그래도 얼마간 비꼬는 투가 느껴졌을 텐데 멜빈 매플은 그것을 눈치채지 못한 것 같았다. 이걸 어쩐다.

다음은 더 가관이었다. 그는 자신의 예술 프로젝트에 대해 굳은 확신을 가지고 있었다. 내가 한 일이라고는 거식증에 걸린 여학생의 이야기를 편지에 적은 것뿐이었다. 실제로 있었던 일이긴 하지만 그건 그냥 학생의 졸업 작품이었다. 멜빈 매플은 자신이 예술 작품이 될 수 있다는 점에 한 치의 의심도 품지 않는 것 같았다. 더 심각한 건 곧 다가올 성공에 대한 기대였다. "언론의 관심을 끌 수 있는 방법을 쉽게 찾을 수 있을 겁니다."라니. 뭘 믿고 그렇게 확신을 하는지 묻고 싶었다. 게다가 "혹시 압니까, 화랑 주인들이 관심을 보일지."라는 발언은 또 뭔가. 멜빈, 이 한심한 양반아, 대체 어느 별에서 살고 있는 거야?! 무지의 너무나도 전형적인 특징인 이 낙관적 확신에 나는 가슴이 미어졌다.

마지막은 정말 너무했다. 살을 빼지 않겠다는 결심을 하다니. 나는 이 비만 집단이 자기들의 살 속에 칩거할 빌미를 제공한 셈이었다. 결국 그들은 살에 갇혀 죽게 되겠지. 그리고 그건 바로 나 때문이다.

나는 편지를 다시 읽었다. 멜빈은 완전히 돌아버린 것 같았다. "존슨 대통령에게 네이팜탄이 있다면, 부시 대통령에게는 우리의 넘치는 지방이 있다고나 할까요." 뻔뻔하고도 어이없는 비유다. 점령지에 퍼부은 네이팜탄은 세월이 지난 후에도 투하지역 민간인들의 생존을 위협했지만 뚱보 병사들의 지방덩어리는 미군기지 내에서 불어나다가 그들과 함께 사라져버릴 것이다.

만에 하나, 멜빈이 예술가라면 예술에 있어서 가장 본질적인 속성을 지니고 있어야 한다. 회의. 회의하지 않는 예술가는 자기가 건드린 여자들에 대해 지나친 자만심을 보이는 색마처럼 곤란한 존재이다. 모든 작품의 이면에는 작가가 자신의 세계관을 드러내려는 거대한 의도가 숨겨져 있다. 만일 이런 오만함이 회의라는 고뇌에 의해 균형을 이루지 못한다면 예술가는 하나의 괴물을 만들어내게 된다. 이것은 신앙에 있어서 신비주의를 맹신하는 것과 같다.

멜빈 매플의 경우는 좀 예외적이지만, 내게 자신의 작품이라면서 글 한 편, 그림 한 점, CD 등을 보내오는 사람들이 적지 않다는 사실을 떠올리면서 마음의 부담을 좀 덜어보려고 했다. 시간이 허락하는 경우에 나는 나의 생각을 아주 간단하게 적어 답장을 보냈다. 상대가 기분 상하지 않도록 하면서 솔직한 생각을 전달할 수 있는 방법은 얼마든지 있다. 하지만 멜빈 매플이 내놓은 것은, 자기의 몸이었다. 어떻게 그런 주제에 대해 초연한 척 내 의견을 피력할 수 있겠는가?

내가 보낸 편지의 본질을 부인하는 것은 아니다. 골치가 아픈 건, 그가 장차 자신의 작품으로 대중의 인정을 받을 수 있을 것이라고 기대한다는 점이다.

나는 현실적으로 대처하기로 결심을 하고 상황을 심각

하게 생각하지 않기로 했다. 어쨌거나 예술 시장의 가혹한 현실에 부딪히면 멜빈 매플도 기가 꺾이리라. 한 번쯤 지독한 경험을 해 보고 싶다는데, 말릴 이유가 없지 않은가? 그가 실망을 맛보게 될 때는 먼 미래가 될 것이었다. 미리부터 내가 마음을 쓸 필요는 없었다. 돌아가는 상황으로 미루어 볼 때, 그는 바그다드에 한참 더 머물러야 한다. 게다가 이라크의 화랑 주인들을 찾아가 자기 작품을 팔 정도로 머리가 돌지는 않았을 테고 말이다. 미국에 돌아가서 작품 활동에 전념해도 늦지는 않을 것이다. 물론 중간에 포기하지 않는다는 조건하에서. 마음을 조금 진정시킨 나는 그에게 답장을 썼다.

친애하는 멜빈 매플,

당신이 기뻐하는 것을 보니 기분이 좋군요. 그래도 몸조심하세요. 그런데 세헤라자드의 이야기는 이제 없네요. 그녀는 어떻게 지내고 있나요? 편지는 짧게 줄일게요. 다른 편지가 많이 밀려 있어서요.
우정을 담아
2009년 4월 30일

아멜리 노통브

 나는 마침내 차갑지도 뜨겁지도 않은 이상적인 거리와 적절한 말투를 찾았다는 뿌듯한 마음으로 이 편지를 부쳤다. 만일 그가 회의하지 않는다면, 그건 그의 타고난 성향이 그런 것이리라. 그것으로 내가 자책할 필요는 없지만 이런 말도 안 되는 걱정을 하는 것은 온 우주의 문제가 다 내 탓이라고 생각하는 나의 천성 때문이다.

 모르는 사람이 보낸 편지를 읽는 것만큼 기분전환에 효과적인 것도 없다. 생 제르맹 데 프레(파리의 번화가. 프랑스를 상징하는 문화적 취향이 가득 담긴 거리—옮긴이)에서 활동을 한다는 한 여배우가 4월 23일자로 보낸 편지가 눈에 띄었다. 그녀는 4월 15일 지하철 오데옹역에서 내가 펑펑 울고 있는 모습을 보았다고 적고 있었다. 나의 모습에 그녀는 충격을 받았지만 내게 말을 걸 용기는 내지 못했다고 했다. 나를 본 것은 그때가 처음이었는데 자기가 상상하던 그대로였다면서 내가 아주 친근하게 느껴진다고, 자기를 위해 글을 한 편 써 주면 무대 위에서 낭독을 하겠다는 거였다. 그러면 지금 느끼는 고통에서 벗어날 수 있겠다면서. 그녀는 자신의 사진을 몇 장 동봉하면서 간곡하게 부탁을 했다.

 나는 4월 15일 오데옹 지하철역의 눈물 건에 대해 수사를 벌이며 그녀의 사진을 들여다보았다. 무슨 일이 있었기에 그렇게 펑펑 울었던 걸까? 4월 중순에 나를 절망에 빠뜨렸던 사건을 찾아 기억을 더듬다가 갑자기 확신이 들었다. 여배우가 지하철에서 보았다는 그 울고 있던 여자는 내가 아니었다. 그녀는 오데옹에서 울던 어떤 여자를 나로 착각했다. 알 수 없는 이유로 그녀는 나를 그런 모습으로 상상하고 있었던 것이다. 마침내 내 안에 잠자고 있던 돌팔이 심리분석가가 이 생 제르멩 데 프레의 여배우는 자기가 탄 열차가 오데옹역을 지나칠 때, 전동차 유리창에서 눈물을 흘리고 있는 자신의 얼굴을 언뜻 보고는, 그것이 자기 자신임을 깨닫지 못한 채 그 허깨비에 내 이름을 붙였다는 결론을 내렸다.

 하필이면 왜 나였을까? 한 번 생각해 보자. 진지하고도 진솔하게 이야기를 하자면, 나는 많은 사람들의 인생에서 압도적인 역할을 맡아 연기를 하는 뭐랄까, 구멍이 숭숭 뚫린 존재이다. 우리에게는 누구나 나르시스적인 면이 있는데, 나로 말하자면 내 안에 놀라운 면이 숨겨져 있다는 말로 이런 것을 설명해주면 기분이 좋아진다. 하지만 내 안에 있는 놀라운 면이라고는 그나마도 피폐해져버린 이 놈의 한심한 구멍밖에 없다. 사람들은 내가 그들의 비밀이라는 씨앗을 심기에 제격인, 영양이 풍부한 부식토라고 생각한다. 멜빈 매플은 나의 토양에서 예술가라는 자신의 환상을 무럭무럭 자라게 할 영양분을 발견했고, 여배우는 나의 텃밭에 혼란의 씨앗을 뿌려 눈물의 싹을 틔웠다. 수많은 사람들이 나의 밭에 얼마나 많은 씨를 뿌렸는지 여러분은 상상도 못할 것이다. 그런 점이 기쁘지는 않지만 감동적이기는 하다. 사람들이 각자의 개인적인 프로젝트를 성공적으로 해내지 못했을 때, 나에게 돌아올 책임을 잘 알고 있기 때문이다. 그 프로젝트가 뭔지는 잘 모르겠지만.

여배우에게는 답장을 하기까지 늘 지켜왔던 이상적인 기간인 한 달쯤 후에 편지를 보낼 생각이다. 멜빈 매플과도 그 규칙을 지켰어야 했다. 다른 많고 많은 편지들도 역시. 하지만 착각은 마시길, 나는 편지를 정말로 좋아하는 사람이다. 편지를 읽는 것은 물론 쓰는 것도 광적으로 좋아한다. 특히 몇몇 지인들과는. 단지, 실제로 받은 편지를 충분히 감상하려면 가끔씩 중독 상태에서 벗어나야 한다는 것뿐이다.

40여 통의 편지가 관심을 기울여주기를 애타게 바라며 기다리고 있을 때에는 어떻게 하느냐고? 분류를 하면 된다. 예를 들어볼까. 프랑스어 선생이 나더러 자기 학생들의 숙제 35장을 검토해달라면서 보낸 편지는 읽지 않는 편지로 분류된다. "내 학생들이 당신의 작품을 읽었으니 당신은 그 아이들에게 빚을 졌어요." 그 선생은 엉터리없는 수작을 정당화하기 위해 이런 말을 덧붙이고 있었다.

오후에 나는 그림버겐(Grimbergen) 맥주를 마시며 맨 마지막에 맛있게 맛보려고 남겨둔 편지 여러 통의 본질을 내 안에 깊이 스며들게 했다. 입을 다시니 입맛이 되살아나면서 기분이 좋아졌다. 편지에 대한 배고픔은 하나의 예술이다. 나는 그 방면에서만큼은 대가라고 자신한다.

다음날에는 지구 곳곳에서 신문에서는 다루지 않는 여러 가지 사건들이 일어났다. 신문에서 거론되는 것들은 자연스럽게 세계적인 유행병이 된다. 행동은 기막히게 잘 골라 하면서 주제를 고르는 데에는 형편없는 게 언론이다. 그 전염병은 결국 널리 퍼져나간다. 아무짝에도 쓸모없이, 그러나 아주 성공적으로.

일상은 파리 생활의 흐름을 되찾았다. 요즈음의 파리도 『클레브 공작 부인』(프랑스 여류작가 라 파예트 부인이 1678년에 발표한 작품. 17세기 최고의 프랑스 궁중 연애소설로 평가받는다.—옮긴이)에 묘사된 루이 14세 치하의 파리와 별반 다를 게 없다. 절대 권력도 막지 못한 절대적인 세련미가 흐르는 곳. 이 소설의 배경은 발표된 시기보다 120년쯤 전이다. 그런데 아무도 이런 어마어마한 시대적 차이를 깨닫지 못한다. 이렇게 거의 포착해 낼 수 없는 현기증이 걸작의 특징이다. 나는 프랑스에 살고 있는 중국 사람들보다 더 낯선 이방인이다. 아직도 이 나라에 대해 감탄하고 황홀해한다. 그 어느 때보다 『클레브 공작 부인』의 파리 같은 이곳에서.

계산을 해 보니 멜빈 매플이 내 편지를 받을 날자는 5월 4일이 될 것 같았다. 그런 것에 전전긍긍 매달리는 것은 아니다. 그냥 그럴 것 같다는 것이다. 그런데 머릿속으로 이렇게 저렇게 편지의 여정을 따라가면 편지는 제대로 배달이 되지 않는다. 받는 사람이 고이 받을 수 있도록 하려면 그냥 내버려두어야 한다. 경험으로 미루어보건대, 생각한 대로 배달되는 편지는 한 통도 없었다. 그러니까 생각을 하지 말아야 하는 것이다.

작가가 되기 훨씬 이전부터 나는 편지를 많이 썼다. 만약에 편지를 그렇게 많이 쓰지 않았더라면 작가가(어쨌거나 이런 작가는) 되지 못했을 수도 있다. 여섯 살 때부터 부모님의 강요에 의해 나는 일주일에 한 번씩 벨기에에 사시는 외할아버지에게 편지를 써야 했다. 한 번도 만나 본 적이 없는 분이었는데. 이 규칙은 오빠와 언니에게도 적용되었다. 우리는 각자 A4 한 장씩을 그 분을 향한 단어들로 채워야 했다. 할아버지는 아이 한 명 한 명에게 한 페이지 분량의 답장을 해 주셨다. "학교에서 무슨 일이 있었는지 이야기해드리렴." 엄마가 이렇게 제안했다. "할아버지한테는 재미가 없을 거야." 내가 엄마의 말을 맞받아쳤다. "네가 어떻게 이야기를 하느냐에 달렸지." 엄마는 이렇게 설명을 해 주었다.

나는 그 편지 때문에 골치가 아파 죽을 지경이었다. 학교 숙제보다 더한 악몽이었다. 하얀 종이 위에 친하지도 않은 할아버지의 관심을 끌 만한 문장을 한가득 써 내야 했으니까. 내가 백지 공포증을 느꼈던 건 그때뿐이었지만, 그 증세는 어린 시절 내내 계속되었다. 다시 말해 수 세기 동안.

"할아버지가 쓴 내용에 네 의견을 보태봐." 하루는 편지지를 채우지 못해 쩔쩔매는 나를 보고 엄마가 이렇게 조언을 해 주었다. 그러니까 주석을 달아보라는 건데, 주석을 단다는 것은 남의 이야기를 베껴 쓴다는 의미였다. 곰곰이 생각해보니, 할아버지가 바로 그렇게 하고 계셨다. 내 편지에 주석을 달고 계셨던 것이다. 오호, 나쁘지 않은걸. 나는 할아버지를 따라했다. 나의 편지는 할아버지의 편지에 대한 주석 모음이었다. 그리고 할아버지는 또 나의 편지에 주석을 달고, 그렇게 우리의 편지는 계속되었다. 이상하면서도 어질어질한 대화였지만 재미가 없지는 않았다. 편지라는 장르의 성격이 내 눈에 보이기 시작했다. 편지는 타인에게 바치는 글이다. 소설, 시, 기타 등등은 타인이 그 안에 들어올 수 있는 여지를 주는 글이다. 편지는 타인이 없이는 존재할 수 없는 글이며 수신자에 대한 경배라는 의미와 사명을 띠고 있다.

  책 한 권을 썼다고 해서 작가가 되기에 충분하지 않은 것처럼 편지를 썼다고 서간문 작가가 될 수 있는 것은 아니다. 나는 편지를 쓴 사람이 그 편지가 나를 대상으로 썼다거나 꼭 내가 아니어도 누군가에게 쓴 편지라는 사실을 잊은 것 같은 편지들을 적잖이 받는다. 그런 건 편지가 아니다. 또, 나의 편지를 받는 사람이 대답도 아닌 대답을 써서 답장을 하는 경우가 있다. 내가 질문을 한 적도 없을 뿐더러 그 대답에서는 상대가 나의 편지를 읽었다는 흔적을 전혀 찾아낼 수가 없다. 이런 것도 편지가 아니다.
 임기응변의 재주는 아무나 가질 수 없다. 이건 확실하다. 그래도 배우는 것이 영 불가능한 것은 아니다. 많은 사람들이 이 방면에서 성공을 거둔다.

아멜리 노통브에게,

4월 30일자 편지, 고맙습니다. 나에게 많은 용기를 불러일으켜 주었어요. 세헤라자드는 잘 지내고 있으니 걱정하지 마세요. 내가 더 이상 그녀의 이야기를 하지 않는 건, 그쪽으로는 변한 게 하나도 없기 때문이랍니다.

두 달 전에 고향으로 돌아간 병사들 몇 명의 소식이 들려오고 있어요. 하나같이 심란한 것들입니다. 이곳에서 그 친구들을 괴롭히던 몸과 마음의 병이 좋아지기는커녕 훨씬 더 나빠졌다더라고요. 의사들이 사회복귀 운운하며 자기네들을 감시하고 있다나요. 우리가 감옥에서 나갔대도 같은 말을 들었을 겁니다. 차라리 형을 마친 죄수들이 사회에 적응을 더 잘 할 것 같다는 생각이 들어요. 지금 우리는 너무 이상해져 버렸거든요.

이라크로 돌아오고 싶다는 정신 나간 소리를 하지는 않지만, 그 친구들은 더 이상 미국에서는 살 수가 없다고 말하고 있었습니다. 큰일인 건, 걔네들에게는 달리 어디 갈 데가 없다는 것이죠. 그런데 문제는 어디에 있느냐 하는 게 아니더라고요. 그들 말이, 이제 어떻게 살아야 할지, 사는 게 무엇인지 알 수가 없다는 거예요. 6년 동안의 전쟁이 그 전의 것들을 모두 지워버렸다고. 난 이해할 수 있어요.

내가 당신에게 미국으로 돌아가고 싶다는 말을 여러 번 했던 것 같아요. 그게 너무나 당연한 일처럼 말을 했었는데, 이제는 내가 그 문제를 정말 진지하게 생각해 보지 않았다는 걸 깨달았어요. 집에 돌아간들 뭐가 있겠습니까? 군대 말고는 아무것도, 아무도 없을 거예요. 우리 부모님은 나를 창피하게 여기고 계시고, 비참한 생활을 함께 겪었다는 걸 우정이라는 이름으로 부를 수 있다면 그나마 있던 친구들하고도 연락이 다 끊겼어요. 그리고 잊어버리지 말아야 할 게 내 몸무게라는 구체적인 문제예요. 130킬로그램이 불었는데 전에 알던 사람들을 다시 만나고 싶겠어요? 130킬로그램이라고요! 그냥 130킬로그램이 나간대도 이미 비만인데, 난 130킬로가 아니라 130킬로가 불어났거든요! 이건 마치 세 사람이 된 것 같단 말입니다.

세헤라자드와 나는 가족을 이루었어요. 아이를 하나 낳았죠. 우리 세 명이 내 한 몸 안에 있는 게 아니라면 정말 멋질 거예요. 이봐, 잘들 있었지? 우리 집사람과 아들을 소개할게, 그런데 말이야, 그 둘은 따뜻한 곳에서 편안히 지내고 있어, 그래서 너희들이 볼 수 없는 거야, 나는 내 식구들을 내 안에 품고 있는 게 더 좋거든, 그럼 더 가까이 붙어 있을 수 있으니까, 식구들을 보호하거나 먹이기도 훨씬 쉬워, 왜 그렇게들 놀라는지 모르겠네, 아기들에게 젖을 먹이는 엄마들도 있잖아, 나는 내 식구들을 내 안에서 먹이기로 결심했어.

여러 말 할 것 없이, 나는 내가 돌아가고 싶어 하지 않는다는 걸 처음으로 깨달았습니다. 여기 있는 게 끔찍하게 싫지만, 그래도 여기에는 생활의 틀이 있고 인간관계도 있어요. 특히 이라크에서는 다들 나의 상태를 잘 알고 있죠. 우리 부모님이 나를 보고 어떤 표정을 지을지 보고 싶지도 않고, 무슨 말을 할지 듣고 싶지도 않아요.

다시 한 번 말하지만, 나를 구한 건 나의 예술 프로젝트입니다. 당신에게 고맙다는 말을 수천 번 해도 모자랄 것 같아요. 그게 내게 남은 유일한 자존심이랍니다. 우리 엄마 아버지가 이해할까요? 그래요, 이런 질문은 아예 하지 말아야 하는 거예요. 부모에게 이해를 받기 위해 예술가가 되는 건 아니니까요. 그래도 한 번쯤 생각은 해 보게 되네요.

부모님이 나를 비웃을까봐 겁이 납니다. 나에게 에이전트가 있다면, 아니 그 비슷한 사람이 있다면 내가 이렇게 우스꽝스럽다고 느껴지지는 않을 것 같아요. 당신은 얼마 전에, 미국에 갔었죠. 미국에서 나를 도와줄 만한 사람을 혹시 알고 있나요? 뉴욕이나 필라델피아에 화랑을 가지고 있는 사람들을 좀 알고 계신가요? 아니면 뉴욕타임스에 영향력을 발휘할 만한 사람은요? 이런 일로 귀찮게 해서 미안합니다. 당신 말고는 부탁할 사람이 없어서 그래요.

진심을 담아
2009년 5월 4일 바그다드에서
멜빈 매플

  나는 기가 막혀 하늘을 올려다보았다. 이 군인 아저씨는 내가 세계적인 인맥을 쌓고 있다고 믿고 있는 2,500번째 사람에 불과했다. 그것도 전 분야에 걸친 인맥을. 많고 많은 사람들이 나라는 사람을 보다 고차원적인 집단에, 혹은 그들이 도저히 접근할 수 없는 존재들에게 자기들을 소개해줄 수 있는 하늘이 내린 사람으로 보았다. 언젠가 브리짓 바르도를 만나고 싶다는 벨기에 수녀의 편지를 받은 적이 있다. 그 수녀에게는 그런 요청이 아주 자연스러워 보였을 뿐만 아니라 그녀의 꿈을 실현하기 위해 연락을 해야 하는 사람이 나라는 것을 당연하게 여기고 있는 것 같아 보였다. (이미 나는 아멜리 모레스모니 샤론 스톤이니 장 미셸 자르 등에게 자기를 소개해 달라는 사람들의 편지를 여러 통 받은 바 있다. 이런 사람들, 나도 이해를 좀 해 보고 싶다.)

  이런 부탁을 받으면 짜증이 난다. 끊임없이 이런 요청을 받다 보니 기절초풍할 지경이다. 나라면 그 누구에게

라도 감히 이런 부탁을 하지 못할 것 같은데. 생각도 못할 일이다. 천진난만한 팬레터와 직업소개소 혹은 컨설팅 회사에게 보내는 편지를 구별하지 못한다는 것은 하나의 악취미에 속한다.

나는 멜빈 매플이 썩 마음에 들었다. 그는 남달랐다. 다만, 그가 이렇게 상투적인 방법을 쓰다니, 참으로 안타까울 따름이었다. 하지만 적어도 그는 나를 귀찮게 해서 미안하다는 말을 했다. 드디어 "나를 돕게 되어 상당히 기쁘실 것이라 생각했어요."라든가, 혹은 좀더 노골적으로 "나의 출발에 보탬이 되어 준다는 점에서 당신의 인생에 하나의 의미가 생겨날 것입니다."라는 입이 떡 벌어질 정도로 터무니없는 몇 가지 관례적인 문구를 탈피하는 표현을 만난 것이다.

이렇게 기분이 좋은 순간이 지나자 이 편지의 염려스러운 면이 보이기 시작했다. 멜빈 매플은 자신이 예술가로서의 지위를 인정받지 못하면 미국에 돌아가지 않겠다는 뜻을 내비쳤다. 그에게 그런 권리가 있을까? 다행히도 그럴 것 같지는 않았다. 그런데 언제가 되면 그가 스스로 인정받는 예술가라고 생각하게 될까? 경험으로 보건대 인정의 기준이라는 것이 개개인마다 엄청나게 다르다. 앞집에 사는 사람이 '당신은 예술가요'라고 말을 해준 것만으로 스스로를 인정받는 예술가로 여기는 사람이 있다. 한편, 노벨상을 빼고는 인정받는다는 것의 기준으로 내놓을 만한 것이 없다고 생각하는 사람도 있는 것이다. 나는 멜빈 매플이 첫 번째 범주에 드는 사람이기를 바랐다.

처음에는 그의 부탁을 거절할까 했는데, 갑자기 이 상황이 좀더 재미있게 느껴졌다. 미국에는 예술 분야에 아는 사람이 없지만 파리나 브뤼셀에는 나와 친분이 있는 화랑 주인들이 몇 명 있었다. 파리의 화랑에 이런 이상한 경우를 소개하기는 어려워 보였고 브뤼셀이라 하더라도 몇 군데 화랑은 마찬가지일 것 같았지만, 브뤼셀 마롤 지구에 있는 약간 허접스러운 화랑(실은 화랑이라기보다는 맥주집이다) 주인인 내 친구 퀼뤼스라면 괜찮아 하겠다는 생각이 들었다. 나는 즉시 그에게 전화를 걸어서 정의실현에 참여할 기회가 있다고 설명을 했다. 바그다드에 주둔 중인 미군 한 명이 미국의 이란 파병에 반대하는 단식투쟁의 반대격인, 말하자면 과식투쟁 중인데, 자신의 비만한 몸 자체를 바디아트로 보고 있다, 꼭 하나 그에게 부족한 게 있다면 지구상이라면 어디라도 좋으니 어떤 화랑이 그를 지원해 주는 것이라고 설명했다. 당연한 일이지

생명의 한 형태

만, 안타깝게도 그 군인이 브뤼셀에 직접 가서 그 거대한 몸을 보여줄 수는 없고 포트폴리오에 올릴 화랑 이름이 필요한데, 그건 마치 작가가 자신이 존재한다는 느낌을 갖기 위해 출판사의 이름이 필요한 것과 같다는 말도 덧붙였다. 퀼뤼스는 기꺼이 제안을 받아들였고 카탈로그에 올려야겠다면서 그 군인의 이름 철자를 불러달라고 했다. 나는 터져 나오려는 웃음을 참으며 멜빈 매플의 철자를 불러주었다. 문제의 그 카탈로그는 왼쪽에 맥주 이름들을, 오른쪽에는 예술가 이름들을 주르르 써넣은 칠판이기 때문이었다. 퀼뤼스는 마지막으로 매플의 사진을 보내달라고 하면서 전화를 끊었다.

흡족해진 기분으로 나는 매플에게 편지를 썼다.

친애하는 멜빈 매플,

미국에는 내가 아는 화랑 주인이 없지만 우리나라에는 있어요. 좋은 소식을 전해줄게요. 브뤼셀에서 유명한 퀼뤼스라는 화랑측에서 카탈로그에 당신에 대한 내용을 올리는 것을 흔쾌히 수락했어요. 당신이 화랑에 직접 가서 당신 몸을 전시하는 것은 불가능하겠죠. 상관없어요. 중요한 건, 이제 당신이 화랑 이름을 내세울 수 있고 예술가로서의 공식적인 지위를 확보했다는 점이에요. 굉장하지 않나요? 당신의 거대한 몸을 부끄러워하지 않고, 아니 그 몸을 자랑스러워하면서 당당히 고개를 들고 미국에 돌아갈 수가 있게 되었어요. 그 몸은 인정을 받은 당신의 작품이니까요.

미국으로 돌아가는 것이 얼마나 힘들지 이해할 수 있을 것 같아요. 거의 불가능할지도 모른다는 생각도 들어요. 하지만 이제부터 이런 문제는 당신이 아닌 당신 친구들과 관련된 것이에요. 당신의 문제가 아니라고요. 당신이 동화 속에서처럼 꿈 같은 삶을 살게 될 것이라는 의미는 아니에요. 그렇지만 당신에게는 다른 친구들은 절대 가질 수 없는 명분이 생겼어요. 브라보!

우정을 담아
2009년 5월 9일 파리에서
아멜리 노통브

돌아가는 상황에 나는 흐뭇해졌다. 분명히 해 두고 싶은 것은, 나의 행보에는 파렴치하다고 여겨질 부분이나 누군가를 조롱할 의도가 눈곱만치도 없었다는 점이다. 브뤼셀 마롤 지구의 퀼뤼스가 파리 마레 지구의 페로텡 같은 거물이 아닐지는 몰라도, 화랑이라는 이름이 부끄럽지 않은 화랑을 운영하고 있는 것은 사실이었다. 내가 퀼뤼스 화랑을 유명한 화랑으로 치는 이유는 어쨌거나 브뤼셀에서는 나름대로 명성이 자자한 곳이었기 때문이다. 그곳에서 맥주를 판다는 사실을 불명예스럽다고 여길 하등의 이유가 없었다. 현대 미술작품을 사는 사람들보다 맥주를 사 마시는 사람들이 훨씬 더 많으니까. 나로 말하자면, 퀼뤼스네에 가는 것은 맥주를 마시기 위해서지만 맥주를 쭉 들이켜고 나면 이왕 온 김에 거기에 전시된 것들을 둘러본다. 그러면서 맥주를 마시는 기쁨에 버금가는 짜릿함을 느끼는 것이다.

다른 화랑 주인들이 퀼뤼스를 허풍쟁이로 여겨 열외로 치고 있다는 사실은 나도 잘 알고 있었다. 하지만 나는 그들의 의견에 동의하지 않았다. 뿐만 아니라 멜빈 매플도 그럴 것이라는 확신이 들었다. 고로, 나는 만나도록 운명 지어진 두 존재를 맺어주었다는 만족감에 뿌듯해할 수 있었다.

갑자기 내가 뭔가 한 가지를 빠뜨렸다는 사실을 깨달았

다. 다행히 아직 봉투를 봉하지 않았기에 나는 추신을 덧붙였다.

    P.S. 퀼뤼스 화랑의 사장이 근래에 찍은 당신의 사진을 보고 싶어 해요. 내게 사진을 보내주면 화랑에 전달할게요.

그날은 토요일이었다. 나는 마지막으로 우편물을 수거해 가는 정오 시간대를 놓치지 않기 위해 서둘러 편지를 부쳤다.

다음 주 토요일, 나는 부다페스트 대학에서 나를 주제로 논문을 쓰는 한 남학생을 만났다. 그 학생이 쓰는 프랑스어가 얼마나 이상하던지 내가 세르비아 사람이나 그리스정교 대수도원장이 된 것만 같았다. 자주 느꼈던 것이지만, 동유럽의 나라들은 에고가 강하다.

몇 년 전부터 만나보고 싶었던 젊은 여류 소설가도 만났다. 아아, 그런데 그녀는 신경안정제에 취해 있었고 우리의 대화는 안개 속을 헤매는 것만 같았다. 분명 내 앞에 앉아 있었는데, 나의 말이 그녀의 뇌에 전달되기까지는 몇 개의 우주를 건너가야 하는 느낌이었다. 결국 그녀는 설명을 했다.

"안정제의 양을 줄이지 못하겠어요."

"위험하지 않나요?" 이렇게 물어보면서도 참 바보 같은 질문을 한다는 생각이 들었다.

"물론 위험하죠. 그렇지만 약 없이는 버티질 못하겠는걸요. 당신은 어떻게 이 스트레스를 견디세요?"

"글쎄요."

"소설가로 산다는 게 끔찍할 정도로 스트레스를 받는 일이라고 생각하지 않으세요?"

"왜 아니겠어요. 나도 엄청나게 스트레스를 받고 있어요."

"그런데 왜 신경안정제를 먹지 않아요? 고통이 꼭 필요한 것이라고 생각하는 거예요?"

"아니요."

"그렇다면 왜 고통을 그냥 견디나요?"

"내 뇌를 상하게 하고 싶지 않아서랄까요."

"그러니까 당신은 내가 내 뇌를 망가뜨리고 있다고 생각한다는 거네요?"

"모르겠어요."

"고통이 뇌에 더 나쁜 것 같지는 않아요?"

"그렇게 비약하면 안 되죠. 아무리 그래도 글을 쓴다는 것은 즐거운 일이에요. 작가들이 고통스러워하는 건 글쓰기와 연관된 불안감 때문이죠."

"그래서 안정제가 필요하다니까요."

"난 잘 모르겠네요. 번민이 없으면 기쁨도 없다고 생각해요."

"그렇지 않아요. 당신도 불안하지 않은 기쁨을 한 번 맛보라고요."

"제약회사와 계약이라도 했나보죠?"

"좋아요. 불안한 상태가 좋으면 계속 불안하도록 해요. 그런데 내 질문에 아직 대답을 하지 않았어요. 당신은 이 스트레스를 어떻게 견뎌내나요?"

"힘들게요."

"그 대답, 맘에 드네요."

좀 웃기는 사람이었다. 그녀에게 호감이 느껴지기는 했지만 직접 만나는 것보다는 편지를 주고받는 게 더 나을 것 같았다. 이건 내 인생을 장악한 편지의 헤게모니 때문에 생긴 병이 아닐까? 누군가와 편지를 주고받을 때보다 직접 만났을 때 더 기분이 좋았던 적은 드물다. 물론 그 누군가가 편지를 쓰는 데에 최소한의 재능을 가지고 있다는 전제하에서. 대부분의 사람들은 이런 발언을 무력하고 에너지가 부족하고 현실을 직시하는 능력이 부족하다는 고백으로 여겼다. "당신은 진짜 사람을 좋아하지 않는군요." 이런 말도 들어보았다. 하지만 내 말을 들어보시라. 누군가를 면전에서 대할 때 그 사람이 더 실제적이라고 주장하는 이유가 뭔가? 누군가의 본성이 편지에 보다 정확하게, 그도 아니면 그저 다르게라도 드러나지 말라는 법이 어디에 있단 말인가?

한 가지 확실한 것은, 사람마다 차이가 난다는 점. 누군가와 같이 있어야 기분이 좋은 사람이 있고 그 사람의 글을 읽어야 기분이 좋아지는 사람이 있다. 아무튼 나는 누군가가 함께 살 정도로 좋아도, 그 사람이 나에게 쓴 편지가 필요하다. 편지를 주고받는 부분이 채워질 때, 그 누군가와의 관계가 완전해 보이는 것이다.

내가 편지상으로만 알고 지내는 사람들이 있다. 물론 그들이 궁금하기도 하고 만나보고 싶기도 하지만 꼭 그래야 하는 것은 아니다. 그리고 직접 만나보는 것이 오히려 해가 될 수도 있다. 편지를 주고받는 것의 이런 면은 문학의 아주 중요한 문제와 닮아 있다. 작가를 직접 만나야 하는가?

답이 너무 여러 가지이기 때문에 답이 없다고 하겠다. 분명 작품에 심각하게 해를 끼치는 작가들이 있다. 몽테

를랑(1896~1972, 프랑스의 소설가, 극작가―옮긴이)을 직접 만나보았다는 사람들과 이야기를 나누어보았는데, 괜히 만났다고 후회를 하는 것이었다. 한 남자는 몽테를랑과 잠깐 대화를 나누고 나서 평소에 좋아했던 그의 작품을 다시는 읽을 수가 없더라고 했다. 그 정도로 밥맛 떨어지는 인물이었다고. 반면에 장 지오노와 함께 하는 행운을 누려본 사람들은 그와의 만남 이후에 그의 글이 한결 더 아름답게 느껴진다고 자신 있게 말했다. 그리고 직접 만나보지 않았다면 그가 쓴 책을 읽어볼 생각도 하지 않았을 작가들이 있다. 가장 많은 경우로는, 존재 자체가 그들의 책과 아무런 상관이 없는 작가들이다.

편지를 주고받는 사이에도 마찬가지로 이렇다 할 법칙이 있는 것은 아니다. 그러나 나는 타고난 천성 때문에 상대방을 만나지 않고 있다. 프루스트가 자신의 책 서문에 썼듯이 "'읽기'는 우리가 혼자 있을 때만이 가질 수 있는 깊이를 그대로 간직하면서 타인을 발견할 수 있도록 해준다."와 같이 숭고한 이유에서가 아니라, 그저 신중을 기하기 위해서다.

결국 나는 이 젊은 여류소설가가 나의 보다 매력적인 상태, 즉 혼자 있는 상태의 나를 알았더라면 더 나았겠다는 결론을 내렸다. 입장이 바뀌어도 그렇고. 그렇게 열렬하게 약을 권하다니, 나는 좀 충격을 받았다.

멜빈 매플의 답장이 도착할 때까지, 나는 그에게 사진을 보내라고 했던 사실을 까맣게 잊고 있었다. 나는 그가 보낸 사진을 눈높이로 들어올렸다. 사진 안에는 털도 없이 민숭민숭한 뭔가가 벌거벗고 있었다. 얼마나 어마어마한지 사진 테두리에서 삐져나올 기세였다. 줄기차게 늘어나 부풀어 오른 그 무엇. 끝도 없는 그 살들은 한없이 퍼지고 늘어나 영역을 확장할 전대미문의 기회를 노리고 있는 것만 같아 보였다. 갓 생겨난 새로운 지방은 지방조직이라는 대륙을 건너 표면을 장악해 라드(lard, 돼지의 지방조직에서 채취한 지방—옮긴이)처럼 굳어 또다시 생겨날 새로운 지방을 받쳐 주는 초석이 되고 있음에 틀림없었다. 그건 공백을 향한 비만의 공격이었다. 부풀어 오르는 살들이 무(無)를 합병해 나가고 있었다. 거대한 종기 같은 이 존재의 성별을 구별하기는 불가능했다. 정면을 향해 똑바로 서 있기는 한데, 엄청난 면적의 축 늘어진 살이 성기 부분을 덮고 있었기 때문이다. 거대한 유방이 있는 걸 보면 여자 같기도 했지만, 들고 난 부분과 주름이 하도 많아서, 젖가슴이라는 시각적인 효과는 온데간데없고 전체적으로 그냥 타이어인간 같아 보이기만 했다.

이 부풀어 오른 뭔가가 인간이라는, 그리고 그 인간이 나와 편지를 주고받는 이등병 멜빈 매플이라는 사실을 인식하기까지는 얼마간의 시간이 필요했다. 나는 사람의 얼굴을 글로 표현하는 나름대로 놀라운 경험을 한 바 있다. 그런데 이 군인 아저씨의 경우에는 지방으로 간척사업이 벌어진 얼굴을 몸에서 분리하기가 쉽지 않을 것 같았다. 일단, 머리와 몸통을 연결하는 부분이 다른 부위에 비해 좀 좁아야 목이라는 것을 알 수 있을 텐데, 멜빈 매플에게는 그런 부분이 없었다. 이 인간을 단두대에서 처형할 수는 없겠구나 싶었다. 단두대는커녕, 넥타이를 매는 것조차 불가능해 보였다.

내가 본 바로는, 멜빈 매플에게도 이목구비라는 것이 있었지만, 생김새의 특징을 짚어 말할 수는 없었다. 코가 매부리코인지, 들창코인지, 입이 큰지, 작은지, 눈이 이런지 저런지. 그냥 코가 하나 있고 입이 있으며 눈이 있다고 말할 수 있을 정도였지만, 그것만 해도 벌써 대단한 것이었다. 사라진 지 이미 오래인 턱에 대해서는 그런 말조차도 할 수 없었다. 언젠가 이런 기본적인 것들조차 매몰될 순간이, 그래서 더 이상은 눈으로 식별해 낼 수 없을 순간이 다가오리라는 불길한 예감이 들었다. 대체 이 인간은 어떻게 숨을 쉬고 어떻게 이야기를 하고 어떻게 보는 건지 궁금하기 짝이 없었다.

쿠션을 속에 대고 누빈 소파의 움푹 들어간 부분을 연상케 하는 그의 두 눈에서는 바깥세상으로 연결되는 길을 내려고 애쓴다는 흔적밖에는 읽을 수가 없었다. 이 경우에 눈은 마음의 창 운운하는 것이 전혀 해당되지 않았다. 살들이 출렁대는 대양 속에 쉼표 모양으로 찍힌 코에는 금방이라도 사라질 것만 같은 보석처럼 콧구멍이 나 있었다. 언젠가는 이 플러그도 쌓여가는 지방에 묻혀버리고 말겠지. 그러면 이 인간은 입으로 숨을 쉬어야 하겠지. 물론 입이라는 기관은 살인자들의 생존력에 이끌려 끝까지 남아 있을 터였다.

결국에는 그 입이라고 남아 있는 흔적을 보면서 이토록

살이 찐 원인이 바로 그것이라는 생각을 떨쳐버리기가 힘들었다. 살들의 침공부대에 길을 열어준 것은 바로 그 미세한 구멍이었다. 명령을 내리는 주체가 뇌라는 것을 모르는 사람은 없다. 그러나 조각가를 만나게 되면 그의 손에 눈이 가고, 조향사의 집에 드나들게 되면 그의 코를 흘끔거리게 되며 무용수를 바라볼 때면 머리보다는 다리를 보게 되는 것은 어쩔 수가 없는 일이다. 멜빈 매플의 입술은 분명 이렇게 숨이 턱턱 막히도록 몸이 부풀어 공간을 점령해 나가는 데에 앞장을 선 개척자였을 것이요, 그의 치아는 그 많은 음식을 본능적으로 씹어대는 행위의 주체였을 것이다. 그의 입은 역사에 길이 남을 위대한 살인자들처럼 매혹적이었다.

나는 멜빈 매플을 편지로 알았다. 비대한 그의 팔 끝에 붙은 손가락들은 상대적으로 가냘파 보였다. 이런 거대한 몸집으로 글을 쓰기가 얼마나 힘들었을까. 그 글은 나에게 전달되기까지 많고 많은 살들을 통과해야 했다. 멜빈 매플의 뇌와 손 사이의 거리보다는 차라리 이라크와 프랑스 사이의 거리가 가까울 것 같았다.

멜빈 매플의 뇌. 어떻게 그것을 상상해 보지 않을 수 있으랴? 뇌의 회백질은 기본적으로 지방으로 구성되어 있다. 지나치게 살이 빠지면, 뇌가 제 기능을 하지 못한다. 그럼, 반대의 경우는 어떨까? 뚱뚱해지면 뇌의 지방도 늘어날까? 만일 그렇다면, 생각도 변하게 될까? 처칠이나 히치콕의 지능은 주인의 비만으로 피해를 입지 않았다. 그건 분명하다. 그러나 그 무게를 짊어지고 다녀야 하는 것은 정신에 어떤 식으로든 영향을 주었으리라.

멜빈 매플의 편지를 읽기까지 이렇게 뜸을 들인 건 이번이 처음이었다.

아멜리 노통브에게,

고맙습니다. 정말 멋진 소식을 전해주었어요! 브뤼셀의 유명한 화랑 퀼뤼스가 내 이름을 카탈로그에 올려준다니, 난 지금 기뻐서 미칠 지경이랍니다. 당신에게 크나큰 빚을 졌네요. 벌써 그 소식을 여기에 있는 모두에게 다 알렸어요. 그건 일대 사건이었지요. 내 사진을 함께 보냅니다.

이제 난 인정받은 예술가가 된 느낌이에요. 그런 인물이 되고 나니까, 당신에게 내 사진을 보여주는 것이 하나도 거북하지 않네요. 이런 일이 없었다면 당

생명의 한 형태 125

신에게 내 생김새를 공개하는 것이 너무나도 창피했을 거예요. 그런데 지금은 내 몸이 예술이라는 생각이 들고, 자랑스럽답니다.

사진이 카탈로그에 어울렸으면 좋겠네요. 2주 전에 찍은 사진이에요. 퀼뤼스에게 내가 고마워하고 있다고 전해주세요. 다시 한 번, 감사의 말을 하고 싶네요.
진심을 담아
2009년 5월 14일 바그다드에서
멜빈 매플

이런 태도는 그야말로 미국식이었다. 공식적이고 확실하기만 하면 모든 게 좋다는 식. '이것은 현상이다'라고 선포하는 순간 아무런 거리낌이 없어지다니. 멜빈에게 아무런 콤플렉스가 없다는 건 반가운 일이었지만, 이런 식으로 으스대는 건 어쨌거나 좀 불편했다. 나는 곧 내 자신을 나무랐다. 이건 유럽 사람 특유의 지나친 수줍음이니까. 누가 뭐래도 당사자는 만족스러워하고 있었다. 중요한 건 바로 그거였다.

그럼에도 불구하고 나는 이미지와 글을 비교해 보지 않을 수 없었다. 왼손에는 사진을, 오른손에는 편지를 들고.

인간이 보낸 이 메시지가 이 푸딩에게서 나왔다는, 지난 몇 달 동안 나를 감동시켰던 그 모든 편지들이 바로 이 드럼통에서 나왔다는 사실을 내 스스로에게 납득시키려는 듯 나는 왼쪽과 오른쪽을 번갈아가며 쳐다보았다. 그런 생각이 들자 당혹감에 얼굴이 빨개졌다. 상황을 마무리짓기 위해, 나는 사진을 봉투에 넣고 겉봉에 퀼뤼스의 주소를 쓴 다음 이 사진이 우리가 말한 신예 예술가의 사진이라는 메모를 덧붙였다.

나는 멜빈 매플에게 곧장 답장하지 않았다. 퀼뤼스의 대답을 기다리고 있다고 내 자신을 합리화하고 있었지만 사실은 그 뚱뚱한 아메바를 보고 났더니 자신감이 싹 사라졌다는 게 정확한 이유였다. 단박에 전처럼 예의바른 어투로 편지를 쓸 수 있을 것 같지가 않았다. 〈친애하는 멜빈, 고마워요, 멋진 사진 잘 봤어요……〉 이건 아니었다, 예의를 지키는 것에도 한계가 있지. 쉽게 감동했던 게 후회스러웠지만, 이제는 어쩔 수가 없었다.

답장이 늦은 편지들이 없는 것도 아니고 해서, 나는 정상 체격을 가진 사람들에게 편지를 썼다. 사진의 기억을 지우기 위해 납세 신고서도 작성했다. 종종 겪어본 바에 의하면, 사람을 피곤하게 하는 일은 사는 데 도움이 된다.

그날 나에게 서문을 써달라고 부탁하는 P.의 편지도 받았다. 이런 종류의 편지 없이 지나가는 날이 거의 하루도 없다. 항상 같은 이유를 들어 나는 딱 잘라 거절한다. 그래도 개중에는 서문을 써달라는 게 아니면 원고를 읽어달라거나 글쓰기를 가르쳐달라거나 하는 끊임없는 부탁을 하지 않음으로써 나의 존재를 가볍게 해 주는 사람들이 있다.

내가 편지에 답장을 한다는 것 때문에 엄청난 오해와 말도 안 되는 괴상망측한 추측이 생겨난다. 우선, 내가 답장을 하는 게 마케팅의 일환이라는 것이다. 그런데 숫자를 보면 확실히 알 수 있다. 내 책을 읽는 독자들은 몇십만 명인데, 나처럼 맹렬하게 편지를 쓰는 사람도 아무리 써 보았자 2천 통 이상은 쓰지 못한다. 사실, 그것만 해도 이미 터무니없는 숫자 아닌가. 두 번째는 정반대인데, 내가 자선사업소를 운영하고 있다는 착각이다. 구호단체뿐이 아니라 아무개 씨, 아무개 부인으로부터 무조건적으로 돈을 요구하는 편지가 적잖이 온다. 보통 이런 설명이 곁들여져 있다. "나도 책을 쓰고 싶습니다. 당신은 그게 어떤 일인지 잘 알고 계시죠. 작가가 되려면 지금 하는 일을 그만두어야 하는데, 내가 돈방석을 깔고 앉은 게 아니라

서요." 그 외에도 여러 가지 해석들이 있다. 내가 소설의 소재를 구하는 데에 상상력이 부족해서 편지 상대방들의 속내 이야기에서 영양분을 취하고 있다는. 혹은 섹스 파트너를 구하고 있다는, 그도 아니면 특정 종교나 인터넷에 환장을 했다는 등등.

그것에 관한 진실은 명백한 동시에 불가사의하다. 내가 봐도 그렇다. 나 역시 왜 내가 편지에 답장을 하는지 모르겠으니까. 누구를 찾는 것도, 무엇인가를 기대하는 것도 아니다. 사람들이 내 책에 대해 이야기하는 건 고맙지만, 그런 이야기는 편지의 주된 주제가 아니다. 천만의 말씀이다. 누군가와 주고받는 편지가 유쾌한 방식으로 진행이 될 때면—하늘이 도우시는지, 이런 일도 있기는 하다—그로 인해 나는 누군가를 조금이나마 알아간다는, 사람들의 글을 받아본다는 헤아릴 수 없는 행복을 경험한다. 꼭 뭔가가 부족해야 사람을 사귀고 싶어 하는 것이 아니라는 말이다.

불과 몇 주 전까지만 해도 멜빈 매플과의 관계는 이런 경우에 해당했다. 그 이후에도 마찬가지였을까, 나도 더이상은 알 수가 없었다. 뭐라 딱히 꼬집어 말할 수는 없어도 뭔가가 불편했다. 사진을 보기 전부터 그랬다. 그가 벌거벗은 것을 보았어도 도움이 되지 않았다. 나의 어정쩡한 인기에 관련된 여러 가지 부대현상 말고도, 나는 늘 이런 식의 어려움에 봉착했다. 문제를 일으키는 사람과 연결된다는 것. 그 관계가 좋게 유지될 때조차도, 충돌과 긴장과 오해를 피할 수는 없었다. 일견 가벼워 보이기도 하고 오 년쯤 후에 그런 관계가 불편해진 이유를 비로소 이해하게 되는. 멜빈 매플과는 5개월로 충분했다. 내가 그에게 우정을 느꼈던 만큼, 이런 감정이 돌이킬 수 없는 것이 아니라고 믿고 싶었다.

닷새 후, 나는 퀼뤼스의 답장을 받았다.

아멜리,

멜빈 매플의 사진 말이야, 이거 정말 끝내주는걸. 사람들의 이해를 돕기 위해 군복 입은 사진이 있으면 좋겠는데, 내 말을 대신 좀 전해줄래? 고마워. 안녕.
2009년 5월 23일 브뤼셀에서
알베르 퀼뤼스

두 말할 필요가 없어 보였다. 나는 곧 멜빈 매플에게 편지를 써서 퀼뤼스의 부탁을 전했다. 그리고 추신을 덧붙여 나 역시 사진이 정말 마음에 들었다고 했다. 아주 일반적인 문체였지만 진심이었다. "나와 편지를 주고받는 분이 어떻게 생겼는지 알게 된다는 건 흥미로운 일이에요." 만일 내가 사진에 대해 한 마디도 언급을 하지 않는다면, 그는 거부당했다는 느낌을 받을 것 같았다.

얼마 후, 나는 투표를 하기 위해 브뤼셀로 갔다. 6월 7일은 유럽 의회 선거일이자 벨기에 지역대표를 뽑는 선거일이었다. 나는 무슨 일이 있어도 반드시 투표를 했다. 벨기에에서는 당연한 일인 것이, 투표를 하지 않으면 상당한 금액의 벌금을 피할 수 없기 때문이다. 나에게는 이런 협박을 할 필요가 없다. 나로 말하자면, 선거의 의무를 저버리느니 굶어 죽는 게 낫다고 생각하는 사람이므로.

게다가 나의 고향인데도 이제는 자주 갈 수 없는 브뤼셀을 다시 볼 수 있는 기회이기도 했다. 브뤼셀에서 산다는 것에는 파리 사람들은 상상할 수 없는 어떤 감미로움이 깃들어 있다.

나는 가을에 방영될 벨기에 텔레비전 방송을 녹화하느라 일정을 연장했고 6월 10일 아침에 기차를 타고 파리로 돌아왔다. 책상 위에는 사흘 동안 나를 기다린 편지들이 쌓여 있었고, 그래서 나는 멜빈 매플의 답장이 없다는 사실을 단박에 알아차리지 못했다. 6월 11일, 드디어 나는 내가 그에게 마지막으로 편지를 보낸 때가 5월 27일이었다는 것을 깨달았다. 그가 이렇게 오랫동안 답장을 하지 않다니, 예사롭지가 않았다. 지나치게 걱정할 필요는 없었다. 편지의 리듬은 바뀌게 마련이고, 그건 자연스러운 일이었다. 나만 해도 시간을 지켜가며 편지를 쓰지는 않으니까. 내 답장이 너무 늦다고 안달복달하는 상대 때문에 기가 막혔던 적이 어디 한두 번인가. 그런 강박관념에 빠지지는 않을 작정이었다. 나는 냉정한 사람이니까.

일주일이 지났지만 여전히 아무 소식이 없었다. 그 다음 주도 마찬가지. 편지가 분실되었을 수도 있었다는 생각에 나는 5월 27일에 보낸 것과 같은 내용의 편지를 다시 써 보냈다.

7월 중순까지도 멜빈 매플로부터 아무런 소식이 없자, 드디어 눈살이 찌푸려지기 시작했다. 내가 사진에 대해 한 이야기가 성에 차지 않았던 걸까? 그런 나르시시즘은 멜빈 매플과 어울리지 않았다. 아니면 퀼뤼스에게 보낼 만큼 마음에 드는 군복 입은 사진을 찾지 못해서일까? 어마어마한 걸작을 보내라고 한 것도 아니었는데.

이런 기분으로 나는 다시 한 번 아주 간단한 사진 한 장이면 된다는 내용의 편지를 써 보냈다. 우정이 묻어나는 문체로 우리가 편지를 주고받던 시절이 그립다는 말도 덧붙였다. 그건 나의 진심이었다.

감감무소식. 나는 나를 담당하는 편집자에게 내게 온 편지가 있으면 알려달라고 신신당부를 한 다음 휴가를 떠났다. 멜빈 매플의 편지를 전부 다 챙겨서. 휴가지에서 그의 편지를 다시 읽으면서 나는 아련한 향수에 젖었다. 그의 친구들을 하나하나 꼽아보았다. 플럼피에게 편지를 써볼까? 아니면 보조에게? 진짜 이름은 아니겠지만 별명만으로도 충분할 것 같았다. 나는 그 두 거구의 사나이들에게 멜빈 매플의 안부를 묻는 짤막한 메모를 적어 같은 주소로 보냈다.

그에게 무슨 일이 일어난 것임에 틀림없었다. 모두들 전쟁이 끝나간다고 생각하고 있으나 뉴스에서는 이라크에 주둔한 병사들을 노리는 테러가 꾸준히 보도되고 있었다. 게다가 멜빈은 다른 전선에서 전투를 벌이는 중이었다. 비만이라는 전선에서. 발작이라든가 경색이라든가 비계에 짓눌린 심장을 공격하는 사건이 일어나지 않았으리라는 보장이 없었다.

생명의 한 형태 133

플럼피도, 보조도, 매플도 내게 답장을 하지 않았다. 이건 무소식이 희소식이라는 말이 해당되지 않는 경우였다. 내가 이런 상황을 처음 겪어보는 건 아니었다. 물론, 편지를 주고받는 것은 계약이 아니라서 아무런 예고 없이 관계를 끝낼 수 있다. 나도 더 이상은 안 되겠다는 판단하에 편지 보내기를 중단한 적이 몇 번 있었고 아무 설명 없이 나에게 보내던 편지를 뚝 끊어버린 사람도 몇 명 있었다. 거의 대부분의 경우, 나는 크게 마음을 쓰지 않았다. 새로운 누군가가 보내오는 편지더미에 치여 그럴 만한 시간 여유가 없었던 것이다.

그러나 가끔, 오랫동안 편지를 주고받았던 상대라든지 건강이 좋지 않거나 나이가 많은 상대에게는 신경이 많이 쓰였다. 그런 경우에는 전화도 했다. 딱 한 번, 수소문을 한 적도 있었다. 리옹에 살던 멋쟁이 노신사가 한 분 있었는데, 일 년 반 동안 내 편지에 답장을 하지 않기에 나는 실례를 무릅쓰고 리옹의 한 친구에게 부탁을 했다. 지방 행정 사무소에서 일하는 그 친구의 형한테 노신사가 죽었는지 알아봐달라고 했던 것이다. 친구의 도움으로 노신사가 살아 있다는 사실을 확인한 다음 더 이상은 알아보지 않았다. 알츠하이머에 걸렸다는 가정에서부터 알 수 없는 이유로 편지쓰기가 싫어졌다는 것까지, 온갖 추측이 가능했다.

그만두는 시점을 알기는 굉장히 어렵다. 그것은 다시 한 번 경계선이라는 문제로 귀착된다. 타인이 나의 삶에 들어온다. 아주 쉽게. 그렇게 쉽게 들어온 것만큼 나갈 때도 아무렇지 않게 나갈 수 있다는 사실을 받아들여야 한다. 물론 별것 아니라고, 편지를 주고받는 관계였을 뿐이라고 생각할 수도 있고 또 편지를 쓰지 않는 것이 절교를 의미하는 것은 아니라고 생각할 수도 있다. 두 번째 생각이 첫 번째 생각보다 더 설득력이 있다. 여기까지 생각이 미치면 마음이 가라앉고 위로가 된다. 편지를 보내오지 않는 친구들을 기억하며 새로운 친구들을 받아들인다. 아무도 누군가를 대신하지 않는다.

그러다가도 한밤중에 터질 듯이 뛰는 심장을 주체 못하고 벌떡 일어나는 때가 있다. 그 사람이 고통을 받고 있는 걸까? 혹시 폭력배에게 납치된 건 아닐까? 상상도 못할 걱정에 시달리고 있을까? 그게 아니라면 사람 사이의 예의라는 게 있는데 어떻게 그렇게 쉽게 연락을 끊을 수 있지? 뭐냐고, 이런 무관심은, 정말 비열해.

해결할 방법이 없다. 체념하고 받아들이는 수밖에. 죽

을 때까지 친구에게 무슨 일이 일어났는지, 그 친구가 자기 처지를 걱정해주지 않는다고 나를 원망하고 있다는 사실도 모르는 채로 있는 수밖에 없는 것이다. 그가 더러운 개자식인지, 타인의 자유를 존중하는 사람인지 모르는 채로 죽는 수밖에는. 그래도 끝까지 믿고 싶은 것 하나는, 그것이 다름 아닌 친구에 관련된 문제라는 것이다. 잉크와 종이로 맺어진 친구가 살로 이루어진 친구와 다를 이유가 없지 않은가?

2009년 여름, 멜빈 매플과 관련해 나는 아직 이런 경지에 이르지는 못했었다. 머리로는 너무나 잘 알고 있었지만 이런 애도의 과정을 거부하고 있었던 것이다. 내 안의 무언가가 그런 관점에 대해 분노하고 있었다. 체념이라는 장치에 시동을 걸기에는 아직 여러 조건들이 완벽하게 갖추어진 것 같지 않았다. 갑작스러워도 너무 갑작스러웠다. 이라크에 주둔한 똥보 병사가 정말 크나큰 위험에 처했다고 생각하는 것도 나로서는 무리가 아니었다.

휴가를 끝내고 파리로 돌아왔다. 그 무렵 내 새 소설이 출간되었고 매년 가을이면 늘 그래왔듯이 나는 눈코 뜰 새 없이 바빠졌다. 9월, 10월, 11월, 그리고 12월, 나와 함께 일하는 편집자조차 혀를 내두를 정도로 나는 할 일이 많았다. 그래도 내 영혼의 깊은 부분에서는 멜빈 매플에 관한 일을 생각하지 않는 때가 없었다. 몸무게가 200킬로그램 가까이 되는 사람이 그렇게 홀연히 사라질 수는 없는 일이었다.

미국에 있는 편집자에게 연하장을 쓰던 순간, 나는 성탄 축하와 새해 인사 아래에 몰상식해 보이는 추신을 덧붙이고 싶다는 충동을 참을 수가 없었다. "내가 필라델피아 일간지에 소개한 적이 있는 바그다드 주둔병 말이에요, 지금 연락이 끊겨서 살았는지 죽었는지 알 수가 없네요. 무슨 방법이 없을까요?" 우리 편집자 미셸 레이놀즈가 사나이 중의 사나이였기에 망정이지, 다른 사람이었으면 이런 말을 꺼내지도 못했을 것이다.

곧 나는 미국 편집자의 '시즌즈 그리팅스(Season's greetings)'와 함께 내 추신에 대한 답변을 받았다. 〈전투 중 행방불명자〉라는 사이트의 이메일 주소. 얼마나 착한 사람인지!

나에게 인터넷은 테라 인코그니타(terra incognita), 즉 미지의 영역이었기에 나는 홍보 담당자의 도움을 받아 멜빈 매플이라는 이등병에 관한 정보를 요청하는 이메일을 보냈다. 그러자 불가사의한 답이 돌아왔다. "미군 당국은 멜빈 매플이라는 자에 대해 아는 바 없음."

그래서 나는 편지봉투에 쓰는 방식대로 신청서를 작성해보기로 했다. 불가해한 이니셜을 줄줄이 쓰고 매플이라는 성을 가운데에 쓴 다음 다시 이니셜을 늘어놓는 방식이었다. 놀라운 일은 아니었다. 프랑스 군인들과도 편지를 주고받아 보았지만, 그들이 편지를 받을 수 있는 군부대 주소 역시 이상한 서식에 따라 작성해야 했고 이름은 절대 표기하지 말아야 했다. 군대는 수상쩍은 수수께끼를 만들어내길 좋아한다.

잠시 후, 컴퓨터는 바그다드에 배치된 하워드 매플이라는 병사에 관해서는 특기할 만한 것이 없다는 답을 내놓았다.

홍보 담당자가 나더러 이제 되었느냐고 했다. 그녀를 더 이상은 귀찮게 할 수가 없어서 그런 척했다. "나랑 편지를 주고받을 땐, 별명을 썼던 거예요. 틀림없어요."

사실은 뭐가 뭔지 알 수가 없었다. 이 하워드 매플이라는 사람이 멜빈과 조금이라도 연관이 있는 건지 아닌지조차 알 수 없었다. 미국인들 중에 매플이라는 성을 가진 이가 어디 하나뿐이랴. 어찌되었던 간에 나는 하워드 매플에게 편지를 한 통 썼다. 이미 눈에 익은 주소로.

친애하는 하워드 매플 씨,

귀찮게 해드려서 죄송합니다. 저는 당신처럼 바그다드에 주둔한 멜빈 매플이라는 병사와 편지를 주고받았습니다. 그런데 2009년 5월 이후로는 소식을 듣지 못했어요. 멜빈 매플을 아시나요? 저를 좀 도와주실 수 있으신지요? 감사합니다.

생명의 한 형태

2010년 1월 5일 파리에서
아멜리 노통브

 열흘쯤 후, 내 이름이 적힌 봉투 하나가 눈에 번쩍 띄었다. 그 순간, 심장이 빠르게 뛰기 시작했다. 글씨체를 포함한 모든 것이 멜빈 매플의 편지와 흡사했던 것이다. "드디어 그에게 무슨 일이 일어났는지 알 수 있게 되었어." 소중한 친구와 다시 연결되었다는 사실에 행복해진 나는 이렇게 생각했다. 아무튼지 간에 그 편지는 놀라운 사건이었다.

 이봐요 아가씨,

 같잖은 짓거리로 날 엿먹이는 것 좀 그만 하시지. 이제 나는 얼간이 멜빈에게 갚을 빚이 없으니까. 정 답답하면 멜빈에게 편지를 쓰시던가. 주소는 볼티모어……
 그리고 앞으로는 날 가만히 내버려두쇼.
 2010년 1월 10일 바그다드
 하워드 매플

어라, 하워드라는 작자의 말본새는 멜빈의 예의바른 어투와 영 딴판이었다. 어투만 빼고 편지지며 봉투며 글씨체까지, 그것도 글자 하나 안 틀리고 멜빈의 것과 똑같다는 것이 더더욱 충격적이었다. 있을 수 없는 일은 아니었다. 자주 목격했지만 미국인들의 글씨체가 얼마나 비슷비슷한지 모른다. (몇몇 학교에서 가르치는 하나하나 똑똑 끊어 쓰는 글씨체를 말하는 것이지 개개인마다 다를 수밖에 없는 흘려 쓴 글씨체를 말하는 것이 아니다.)

아무튼 하워드가 걱정을 할 필요는 없었다. 내가 그 사람을 괴롭히는 일은 이제 없을 테니까. 그래도 그에게서 아주 중요한 정보를 얻을 수 있었다. 멜빈은 볼티모어로 돌아갔고, 나는 그의 주소까지 손에 넣을 수 있었다.

내 친구 멜빈의 침묵을 설명할 수 있는 실마리가 분명 거기에 있었다. 군 당국에서 그에게 귀환해도 좋다는 소식을 너무 갑자기 알려줘서 준비할 시간이 빠듯했던 거다. 나는 이라크 전선에서 6년이라는 세월을 보낸 후 미국에 있는 사람들을 다시 만났을 때의 충격을 상상해보았다. 특히나 비만해진 그를 잘 알아보지 못하는 그의 가족들과 만났을 때의 충격을.

불쌍한 멜빈은 절대적 무기력증에 빠졌으리라. 존재의 표류를 경험하는 사람들의 비극은 타인에게 마음을 여는 대신 자신들의 고통 위로 몸을 웅크리고 절대 빠져나오지 않는다는 것이다. 물론 멜빈이 이런 이야기를 적은 편지를 보내왔어도, 내가 그를 도와줄 수는 없었으리라. 하지만 적어도 말은 할 수 있었을 게 아닌가. 편지를 주고받는 것도 말을 하는 것이라 칠 수 있다는 가정하에서 말이다. 누구에게든 비밀을 털어놓으면 적어도 숨이 막히진 않을 테니까.

아니면 멜빈 매플이 볼티모어에서 다른 친구를 사귀어 더 이상은 내가 필요 없는지도 몰랐다. 나는 진심으로 그러기를 바랐다. 그는 한동안 나에게 의지했다. 나는 그의 마지막 친구가 되고 싶지는 않았다.

적절한 어투로 편지를 써야 했다. 그를 비난할 생각은 없었다. 입을 다물고 싶은 권리는 누구에게나 있는 거니까. 오랫동안 답장을 하지 않는다고 나에게 화를 내는 사람들을 나조차도 용서할 수 없는 만큼, 내가 아는 사람들에게도 똑같은 권리가 있다는 것을 인정해야 한다. 그건 그렇고, 그가 그리웠다는 걸 감춰야 하나, 말아야 하나?

문제의 어려움을 해결하는 데에는 딱 한 가지 방법밖에

없다. 그냥 쓰면 된다. 번뜩이는 생각은 글을 쓰는 바로 그 순간이 아니면 떠오르지 않는다.

친애하는 멜빈 매플,

하워드 매플이라는 사람이 당신의 귀환 소식과 미국 집주소를 알려주었어요. 당신의 소식을 듣게 되어서 얼마나 기쁜지 모르겠어요! 솔직히 말하면, 당신이 좀 걱정되었지만 갑작스럽게 바그다드를 떠난 데다가 여러 사람들을 다시 만나는 충격 때문에 나에게 편지를 쓸 정신적인 여유가 없었을 테니, 이해해요.

가능할 때, 짧으나마 편지를 좀 써 주겠어요? 당신이 어떻게 지내는지 알고 싶어요. 우리가 편지를 주고받았던 몇 달 사이에, 당신은 내게 중요한 사람이 되었어요. 당신 생각을 자주 하고 있어요. 세헤라자드는 어떻게 지내고 있나요?

우정을 담아

2010년 1월 15일 파리에서

아멜리 노통브

나는 편지를 부친다기보다는 바다에 유리병을 던지는 심정으로 이 편지를 보냈다.

평소대로라면 무례한 편지는 받는 즉시 쓰레기통에 던져버렸겠지만, 하워드 매플의 편지만큼은 없앨 수가 없었다. 뭔가 의미가 있을 것 같은 것이, 아무래도 마음에 좀 걸리는 편지였다. 내 입장이 입장이니만큼, 사람들이 별 의도도 없이 이상하기 짝이 없는 편지를 쓴다는 사실은 누구보다 내가 잘 알고 있다. 대부분의 사람들은 친절해 보이거나 신비스러워 보이지 않을까봐 두려워한다.

멜빈의 답장이 늦어졌다. 군 우체국이 미국 우체국보다 일을 더 잘하는 모양이었다. 생각해보니 나는 언제나 멜빈을 위한 핑곗거리를 찾아냈다. 그를 위해 어렵사리 화랑을 찾아낸 일이나 그의 속내 이야기를 모두 들어주었다는 건 이미 잊은 지 오래였다. 이렇게 매번 다른 사람들의

생명의 한 형태　145

잘못을 너그럽게 봐주다가 난 결국 파멸하고 말 것이다.
 그날, 미국 국기 그림의 우표가 붙은 평범한 그 봉투는 거의 눈에 띄지도 않았다. 봉투를 열어본 나는 눈을 휘둥그레 떴다.

 아멜리에게,

 앞으로는 더 이상 당신에게 편지를 쓰지 않기로 결심했습니다. 당신 편지를 받고 얼마나 놀랐는지 모릅니다. 어떻게 나를 원망하지 않을 수가 있죠? 비난보다 더한 것을 퍼부을 줄 알았는데. 내가 당신의 친구가 될 자격이 없다는 걸, 아직도 모르겠어요?
 진심을 담아
 2010년 1월 31일 볼티모어에서
 멜빈

나는 곧 답장을 했다.

 멜빈,

당신의 편지를 받게 되어 얼마나 행복한지요! 부탁이니 미국에서 어떻게 지내고 있는지 얘기해주세요. 당신이 그리웠어요.

우정을 담아

2010년 2월 6일 파리에서

아멜리

나는 이 편지를 부치고 멜빈이 보낸 짧은 편지를 다시 읽었다. 그가 달랑 내 이름만을 적은 것은 이번이 처음이었고 자기 성을 빼고 이름만 적은 것도 처음이었다. 나도 그를 따라했다. 그의 글씨체가 달라져 있었다. 봉투가 단박에 눈에 띄지 않은 것도 그 때문이었다. 불쌍한 멜빈, 고향으로 돌아갔다는 것이 그에게 큰 영향을 미친 것임에 틀림없었다. 비웃음을 당하고 조롱을 받다 보니 전처럼 펜을 쥘 수가 없어진 것 외에도 여러 가지 변화를 겪어야 했나 보았다. 그런 점을 편지에 언급하지 않은 건 잘한 일이었다. 그렇게 반응해 주는 것이 제일 나았다. 그럼 멜빈도 그런 게 하나도 문제가 되지 않는 걸 알겠지.

지난 몇 달 간 그가 겪었을 일들을 상상해보았다. 어떤 바보 멍청이들이 뚱뚱해진 그를 보고 이렇게 말했겠지.

"어이 친구, 살이 되고 피가 되는 경험이었던가 보네? 한눈에 봐도 알겠어. 네가 굶어 죽게 내버려두지는 않았던가봐." 그 비열한 작자들은 그를 이번 전쟁이 낳은 재앙이라고 비난했을 거다. 겨우 말단 병사에 지나지 않았던 그를. 인간이란 야비한 동물이어서 불쌍한 사람 하나 잡는 걸 예사로 안다! 그 자리에 있지도 않았고 아무것도 못 본 주제에 잘 알지도 못하는 것에 대해 의견이랍시고 이러쿵저러쿵 말을 하질 않나, 주변 사람들에게 그 말을 또 옮기질 않나.

볼티모어에서 두 번째 편지가 왔다.

아멜리에게,

당신이 이런 사람인 줄을 미리 알았더라면, 난 당신에게 편지를 쓰지 않았을 겁니다. 내가 사람을 잘못 보았군요. 당신의 책을 보면서 나는 당신이 까다롭고 시니컬한 사람인 줄 알았습니다. 누구한테 속거나 하지는 않을 사람인 줄 알았죠. 그런데 사실 당신은 단순하고 착한 사람이었어요. 앞에 나서지도 않는 겸손한 사람이더라고요. 내가 뼈에 사무치도록 후회하는 건 바로 그 때문이에요.

나는 당신에게 정말 나쁘게 굴었습니다. 처음부터 거짓말을 했어요. 나는 이라크에 간 적도, 군인이었던 적도 없습니다. 당신의 관심을 받고 싶었어요. 나는 볼티모어를 떠나 본 적도 없어요. 여기서 하는 일이라고는 그저 먹고 인터넷 서핑을 하는 것뿐이죠.

내 동생 하워드가 바그다드에 파견되어 있어요. 몇 년 전에, 내가 그 녀석이 라스베이거스에서 진 도박 빚을 좀 갚아주었는데 아직 받을 돈이 상당히 많이 남아 있다는 것을 빌미로, 녀석을 설득해 내가 보낸 이메일을 편지지에 옮겨 적어 당신에게 보내도록 했지요. 당신의 답장이 도착하면, 녀석이 내게 다시 부쳐주었고요.

이렇게 시작한 사기행각이 걷잡을 수 없이 커져버린 거예요. 처음엔 편지를 한두 통만 보내고 말려고 했었어요. 내가 이렇게까지 열중하게 될 줄은 몰랐죠. 당신도 그렇고요. 순식간에 당신과 편지를 주고받는 것은, 구체적으로 말하자면 별 볼일 없는 내 인생에서 가장 중요한 일이 되었습니다. 당신에게 사실대로 이야기할 수 있을 것 같지가 않았어요. 이런 상

생명의 한 형태

황이 영원히 계속될 것만 같았죠. 그게 나의 소망이기도 했고요.

언젠가 당신이 내 사진을 보여 달라고 할 날이 올 것이라고 생각했습니다. 그래서 하워드에게 내 심각한 상태를 적나라하게 보여주는 그 사진을 보내놓았던 거예요. 그땐 벨기에에 있는 화랑에 보낼 사진을 찍으려고 포즈를 취하고 있다고는 상상조차 하지 못했지요. 그 일에 대해서는 아무리 감사를 해도 모자랄 것 같아요. 나는 당신의 친절한 배려에 힘입어 더욱더 양심 없는 짓을 하게 되었지만 말입니다. 그런데 그만 퀼뤼스 씨가 내가 군복을 입고 찍은 사진을 요청한 거죠. 여기서 난 꼼짝도 못하게 되었고요.

나는 사기극을 벌이려고 동생 녀석과 협상을 하기 시작했어요. XXXL 사이즈의 군복을 구해 줄 수 있겠느냐고 물었죠. 그때 하워드 녀석이 폭발을 한 거예요. 편지 한 장당 5달러씩 계산을 했다면서(난 그런 계산에 대해서는 까맣게 모르고 있었고요) 합산을 해 보면 이제 나에게 빚이 없다나요. 그러면서 덧붙이기를 내 헛소리를 대신 쓰는 데에는 진절머리가 났다, 그런 어처구니없는 얘기를 베껴 쓰다가 돌아버리는 줄 알았다, 나한테 답장을 하는 당신도 미친 게 틀림없다, 이러는 겁니다. 아무튼, 그 녀석에게는 아무런 기대를 할 수 없게 되어버렸지요.

내가 당신에게 더 이상 편지를 쓰지 않은 건 바로 그 때문이었어요. 물론 내 나름대로 편지를 쓸 수도 있었겠죠. 편지를 타자로 쳐서 필체를 가리고 볼티모어에 돌아오자마자 기념으로 군복을 불태워버렸다고 할 수도 있었어요. 하지만 답장을 하지 않음으로써, 나는 이 애매한 이야기에 꼭 맞는 마무리를 찾아냈지요. 당신에게 나는 하나의 추억이 되는 거였습니다. 당신은 내가 고향에 돌아간 것이 문제의 원인이었다는 결론을 내리고요.

그래서 연락을 끊었던 겁니다. 동생놈이 더 이상 당신의 편지를 전해주지 않았으니, 나에게는 그리 어렵지 않은 일이었지요. 이런 말을 하는 건, 그동안 당신이 한두 통 정도는 써 보냈을 것 같기 때문입니다. 당신과 편지를 주고받던 시절이 그리웠지만 나는 내가 편지를 쓰지 않는 것이 우리 둘 모두에게 나을 것이라고 확신했습니다.

그런데 3주 전에 당신의 편지가 도착한 겁니다. 이

해할 수가 없었어요. 하워드의 존재를 알고도 당신은 나를 비난하지 않았고 전과 다름없이 우정 어린 편지를 보내 주었죠. 아직도 진실을 알아차리지 못한다는 게 도대체 가능한 일일까, 이런 의문이 들기도 했습니다. 당신의 마지막 환상을 깨뜨리기 위해, 나는 손으로 쓴 편지를 보냈어요. 글씨체가 바뀌면 뭔가 속았다는 걸 알아차릴 수 있을 것 같아서. 그런데 설상가상으로, 당신이 곧바로 기쁘다는 답장을 한 거예요. 어디를 보나 모순투성이인 이 사기극에 대해서는 일언반구도 않고 말이죠.

안심하세요, 당신을 바보라고 생각하는 건 아니니까요. 그렇게까지 남을 믿어주는 건 아름다운 것이지요. 하지만 나는 마음이 편치 않았어요. 일반적인 사람들의 눈에는 내가 당신을 조롱하려고 했고, 또 내가 의도한 대로 해낸 것으로 비칠 거라는 사실을 잘 알고 있으니까요. 대부분의 사람들은, 이런 표현을 써도 될는지 모르겠지만, 당신이 멍청하게 속아 넘어간 거라 생각할 거예요. 하지만 그건 내 의도와는 정반대 되는 일이었어요. 더 정확하게 말하자면, 나는 내 의도가 무엇이었는지도 모르고 있어요.

분명한 건, 내가 당신의 관심을 끌고 싶어 했다는 거예요. 그래서 수를 썼죠. 인터넷에서 당신이 매일같이 한 무더기나 되는 편지를 받는다는 이야기를 읽었어요. 매일 인터넷을 보면서 인생을 때워가는 나에게 당신이 매일 받는다는, 그리고 매일 쓴다는 잉크와 종이로 된 그 편지들은 정말 감동적인 것이었습니다. 뭐라고 해야 할까요, 정말이지 현실적으로 보였다고 해야 하나요. 나의 삶에는 현실적인 것이 거의 없거든요. 당신이 그 현실세계를 내게 나누어 주길 그토록 바랐던 건, 바로 그 때문이었습니다. 당신의 현실세계로 들어가기 위해 나의 현실을 왜곡해야 한다고 생각했다니, 그런 모순이 또 어디 있을까요.

내가 가장 후회하는 건, 당신을 과소평가했다는 점이에요. 당신의 관심을 끌려고 거짓말을 할 필요는 없었다는 거죠. 진실을 있는 그대로 이야기했어도 당신은 똑같은 방식으로 내게 답장을 해 주었을 겁니다. 내가 부모님이 운영하는 볼티모어 자동차 정비소의 타이어 창고에 처박혀 사는 인생 낙오자 뚱보라는 사실을 알았어도 말이죠.

부탁이니 나를 용서하세요. 당신이 이 부탁을 거절

해도, 나는 이해할 수 있습니다.
　진심을 담아
　2010년 2월 13일 볼티모어에서
　멜빈 매플

　나는 아무것도 하지 못한 채 한동안 멍하니 정신을 놓고 있었다. 화가 났냐고? 그건 아니었다. 그저 극도로 경악했을 뿐.
　1992년에 첫 책을 내놓은 이후, 나는 무던히 많은 사람들과 무던히도 많은 편지를 주고받아왔다. 그 중 일부가 정상이 아니었던 건 통계적으로도 피할 수 없는 일이고, 내 경우 역시 통계치를 벗어나지 않았다. 하지만 멜빈 매플같이 심한 경우는 정말이지 처음이었다. 가까이든 멀리든 이런 사람은 상대해 본 적이 없었던 것이다.
　어떻게 반응해야 하나? 아무런 생각이 나지 않았다. 그보다 꼭 반응을 해야 하는 건가?
　답은 없었고, 내가 하고 싶은 건 딱 한 가지뿐이었다. 멜빈 매플에게 솔직한 심정으로 편지를 쓰는 것. 정상이 아니라는 것을 증명해줄 편지.

친애하는 멜빈 매플,

당신의 2월 13일자 편지를 읽고 표현할 수 없으리만치 충격을 받았어요. 한동안 아무런 답을 하지 않을 수도 있는 문제이지만, 나로서는 이렇게 급하게 답장을 할 수밖에 없네요.

나더러 용서를 하라고 했나요. 하지만 용서하고 말고 할 게 하나도 없는걸요. 당신을 용서한다는 건 당신이 나에게 잘못을 했다는 뜻이잖아요. 당신은 잘못한 게 없어요.

미국에서는 거짓말이 전형적인 죄악으로 여겨지나 보더군요. 나는 굉장히 유럽적인 사람이에요. 유럽 사람들은 누군가에게 피해를 준 거짓말에 대해서만 화를 내지요. 당신의 거짓말로 누가 피해를 입었는지, 나는 잘 모르겠어요. 미군 병사들의 비난을 좀 받을 수는 있겠네요. 그거야 당연한 것이기도 하고요. 하지만 그건 나와는 상관없는 일이에요.

내가 멍청하게 속아 넘어갔다고 비웃을 사람들이 있다고 했죠. 나는 그런 식으로 생각하지 않아요. 나는 내 눈앞에 펼쳐진 것들을 보았을 뿐이에요. 당신은 편지에서 현실을 다른 방식으로 표현한 것뿐이에요. 당신이 갇혀 있는 지옥에서, 당신은 또 다른 지옥을 만들어 냈어요. 이라크 전장의 공포와, 당신의 표현대로라면 "부모님이 운영하는 자동차 정비소의 타이어 창고에 처박힌 인생 낙오자"의 비만한 몸에 갇힌 공포를 비교할 수는 없다고 소리치는 사람들은 신경 쓸 것 없어요. 이 메타포는 당신에게 의미 있는 것이었어요. 그럴 수밖에 없었으니까. 그리고 또, 당신은 규칙적으로 편지를 쓴다는 사람에게 충격을 받았고, 그 사람을 증인으로 삼을 필요가 있었겠죠. 당신의 이야기에 정말 참을 수 없을 만큼 결여된 현실감을 불어넣을 유일한 방법은 제3자가 잉크로 쓴 당신의 이야기를 보는 것이었을 테니까요.

진실을 말했어도 내가 똑같이 답장을 했을 거라고 했나요. 그걸 누가 알 수 있겠어요. 그래요, 아마 난 답장을 했을 거예요. 똑같은 방식으로? 그건 모르겠네요. 부풀릴 만큼 부풀린 당신의 메타포로 당신은 당신 삶의 치욕스러움을 정말 설득력 있게 표현했어요. 그렇지만 있는 그대로 이야기를 했다면, 내가 이해를 할 수 있었을까요? 글쎄요.

위로가 될지는 모르겠지만, 당신은 나에게 편지를 보내는 허언증 환자들과는 다르다는 점을 짚고 넘어가고 싶네요. 자신이 거짓말을 하고 있다는 사실을 알고 있는 한, 진짜 허언증 환자라고 할 수는 없는 것이니까요. 그 증거로, 당신은 당신 스스로 가면을 벗었어요. 나에게 편지를 보내는 사람들 중에는, 편지를 읽자마자 거짓말이라는 것이 눈에 확 들어오게끔 티를 내는 부류가 있는가 하면, 4년이 흐른 후에야 내가 그들의 사기극을 알아차릴 정도로 교묘한 부류가 있고, 나를 기만하고 있다는 사실을 아직까지도 여전히 모르게 편지를 쓰는 부류가 있어요. 그렇지만, 편지 첫 부분에도 썼듯이 누군가에게 피해를 주지 않는 한, 나는 거짓말 따위에 신경을 쓰지 않아요.

그리고 말이죠, 나는 당신에게 축하한다는 말을 하고 싶어요. 당신의 장치가 얼마나 훌륭했는지, 당신이 고백을 하지 않았다면 나는 아무런 눈치를 채지 못했을 거예요. 정말 잘했어요. 모든 작가들 안에는 사기꾼이 한 명씩 들어앉아 있어요. 그러니까 나는 같은 분야의 동료로서 당신에게 존경을 표하고 있는 거예요. 재능도 없는 허언증 환자가 너무나 빤한 거짓말을 적어 보내면, 힘이 죽 빠진답니다. 사기행각은 바이올린 연주처럼 완벽해야 하거든요. 바이올리니스트는 자기 독주회에서 잘했다는 것으로는 만족을 못해요. 최고의 경지에 오르지 못했으면 아무것도 아니라고 생각하는 거죠. 당신은 대단했어요. 대가에게 경의를 표하는 바입니다.
  진심을 담아
  2010년 2월 20일
  아멜리 노통브

  나도 모르게 나는 그가 편지 끝에 쓰는 '진심을 담아'를 따라 적었다. 사실 이 편지에만큼은 예외적이라 할 정도로 진심을 담았다. 단 하나 빼먹은 게 있다면, 상투적인 문구를 만날 때마다 부리던 짜증이었다. "당신의 관심을 끌고 싶었습니다." 내가 이 문장을 읽은 게 대체 몇 번이나 되는지. 그리고 이게 웬 얼토당토않은 중복이란 말인가! 누군가에게 편지를 쓴다는 것 자체가 그 사람의 관심을 끌고 싶다는 뜻이다. 그렇지 않으면 편지를 아예 쓰지 않겠지.
  하지만 멜빈 매플의 경우는 용서가 되었다. 십중팔구

그 뒤를 따르는 전형적인 문구가 없었기 때문에. 그건 바로 '당신이 나를 다른 사람들처럼 대한다면 참을 수 없을 겁니다.' 라는 문구다. 이런 어이없는 문구의 변화형도 가지가지다. '나는 다른 사람들과 다릅니다.', '다른 사람에게 하는 것처럼 내게 말하지 말아주었으면 합니다.' 등등. 이런 문구를 발견하면 나는 즉시 편지를 쓰레기통에 처넣는다. 명령에 복종해야 하니까. 다른 사람들을 대하듯 대하지 말아달라고? 뭔가를 바란다는 건 곧 상대에게 명령을 내리는 것. 나는 모든 사람들을 진심으로 존중하는 사람이다. 예외적인 대우를 원하니, 존중을 하지 말아야 하는 것 아닌가. 편지를 쓰레기통에 던져버리는 것도 다 이런 이유에서이다.

이런 말들이 어처구니없다는 점 외에, 내가 정말 참지 못하겠는 것은 상대를 향한 모욕이다. 나를 모욕하는 것이니만큼 더 심각하다. 나는 모욕에 알레르기가 있다. 내가 직접 모욕을 당하거나, 그런 모욕적인 언사를 하는 게 나 때문이라는 소리를 듣거나, 아니면 그저 남을 모욕하는 것을 보기만 해도 참을 수가 없다. 그런데 모든 사람들을 도매금으로 모욕을 하다니, 그건 더더욱 불쾌하다. 오직 자신만이 진지하다고 생각하는 것, 그건 받아들일 수 없는 행위다.

  벌꿀이 든 빵을 먹었다. 나는 꿀맛을 정말로 좋아한다. 요즘 유행하는 '진지한(sincére)'이라는 단어의 어원은 꿀과 관계가 있다. "sine cera"를 글자 그대로 풀이하면 '밀랍이 없는'이라는 뜻으로 깨끗하게 거른 최상급 꿀을 뜻한다. 실력 없는 양봉업자가 밀랍과 꿀이 마구 뒤섞인 조잡한 꿀을 파는 것과는 대조적이다. '진지함'이라는 말을 남용하는 많은 사람들은 꿀 치료 요법을 좀 받아봐야 한다. 그러면 자기가 무슨 말을 하고 있는지 알 수 있을 테니까.

아멜리에게,

 당신의 편지를 받고 내가 얼마나 경악을 했는지 모를 겁니다. 당신도 내 편지를 읽고 놀랐을 테죠. 그렇지만 나는 기의 기절을 할 뻔했어요. 내가 무엇을 기대했는지는 나도 모르겠지만, 확실히 이런 건 아니었어요.
 당신이 보여준 반응은 정말 대단한 것이라고 생각합니다. 내 거짓말을 알고 있는 또 다른 유일한 사람은 동생 하워드지요. 여러 말 할 건 없고, 아무튼 그 녀석은 당신처럼 관대하지 않았어요. 종이에 베껴 써서 당신에게 보내달라고 메일을 보내면, 녀석은 "불쌍하다, 이 정신병자야." 혹은 아주 고상하신 말로 퉁을 놓았죠.

왜 그렇게 경악을 했냐고 묻겠죠. 당신은 나를 전혀 비난하지 않았어요. 그러니까 갑자기 내가 너무 잘못했다는 생각이 드는 겁니다. 난 내 자신을 합리화하려고 했는데, 당신은 왜 그랬느냐고 묻지도 않았더란 말이죠.

서른 살까지, 내 인생에 대해 했던 말은 진짜였습니다. 방황, 한뎃잠, 비참한 생활, 그리고 배를 곯았던 것까지. 하지만 나락으로 떨어졌을 때 내가 찾아간 곳은 군대가 아니라 엄마 아빠 집이었어요. 서른 살에 뭐 하나 제대로 해낸 것도 없이 부모님 집으로 다시 들어간다는 건 지독한 수치이지요. 어머니는 컴퓨터 한 대를 사주면 나를 구할 수 있다고 믿었습니다. "우리 정비소 홈페이지를 만들어보면 어떻겠니." 이렇게 말씀하시더라고요. 정비소에 홈페이지가 필요하다니! 구실치고는 참 구차했지요. 하지만 선택의 여지가 없었던 나로서는 일을 시작해 볼 수밖에 없었습니다. 그러다가 내가 그 분야에 아주 재능이 없는 건 아니라는 사실을 알게 되었고요. 동네 다른 회사

몇 곳에서 비슷한 걸 만들어 달라는 주문을 할 정도였으니까요. 수중에 돈이 들어왔고, 그 돈으로 하워드 녀석의 빚을 갚아줄 수 있었습니다.

사실 나를 망친 건 바로 그 일이었습니다. 십 년 동안 거의 먹지도 못하면서 걸어만 다녔는데, 동사가 뒤바뀌는 상황이 되었어요. 다리를 전혀 쓰지 않고 깨작깨작 끊임없이 뭔가를 먹는 프로그래머의 생활방식을 도입했던 거죠. 어머니가 컴퓨터를 사준 건 그간의 세월을 보충하라는 뜻이었던 것 같아서 난 일 년 동안 모니터 앞을 떠나지 않았어요. 잠을 자고 씻고 가족들과 밥을 먹을 때—또 먹는 거로군요—를 빼놓고는 멈추지 않았지요. 부모님의 생각은 굶다 돌아온 우리 아들이라는 것에서 한 걸음도 발전을 하지 않았어요. 내가 살이 찌고 있다는 걸 모르셨고 그건 나도 마찬가지였지요. 샤워를 하면서 몸을 좀 살펴봐야 했는데, 전혀 관심을 두지 않았거든요. 대재앙—그건 정말로 대재앙이었어요—을 알아차렸을 땐, 이미 너무 늦어버렸고요.

나중에 치료하려고 하는 것보다 미리 예방하는 게 훨씬 나은 병이 있다면, 그건 바로 비만증입니다. 살이 5킬로, 10킬로 정도 찐 건 아무것도 아닙니다. 어느 날 아침에 일어나 보니 30킬로를 빼야 할 지경이 되었다면, 그건 얘기가 좀 다르죠. 그래도 그때 시작을 했더라면, 나는 아마 스스로를 구제할 수 있었을 거예요. 이제는 130킬로를 빼야만 합니다. 130킬로그램을 빼겠다고 결심할 만큼 용감한 사람이 과연 있을까요?

빼야 할 몸무게가 30킬로그램쯤이었을 때, 왜 경보를 울리지 않았냐고요? 당시 나는 한창 까다로운 프로그램을 다루고 있어서 에너지와 정신을 거기에 모두 쏟아부어야 했었거든요. 다이어트를 생각한다는 건 있을 수도 없는 일이었지요. 거울을 보면서 체중계의 판결을 한 번 더 확인했습니다. 나는 뚱보였어요. 하지만 그런 건 하나도 중요하지 않다고 공공연하게 말을 했지요. 대체 누가 날 본다고? 나는 몸무게 따위는 관심사에서 젖혀둔 채 부모님이 운영하는 정비소의 타이어 창고에 컴퓨터 한 대와 함께 살고 있는 프로그래머였어요. 추리닝 바지와 XXL 사이즈의 티셔츠를 대충 걸쳐 입고 있었으니 겉으로 보아서는 살쪘다는 티가 나지 않았고요. 식탁에서도 마찬가지였죠. 아버지도 어머니도 아무런 눈치를 채지 못했어요.

미국땅을 걸어서 횡단하던 때, 케루악의 후예들이 모두 그렇듯 나 역시 길이나 오지에서 손에 넣을 수 있었던 잡다한 약들을 접해보았어요. 길에서 만나는 친구들은 주머니에 늘 물건을 가지고 있었고 "경험을 함께 나누자"며 약을 건넨답니다. 나는 주는 대로 그저 넙죽넙죽 받아먹었고요. 어떤 것들은 아주 좋았고 영 아니다 싶은 것들도 있었어요. 하지만 내가 제일 많이 의존했던 약도 음식과는 비교가 되지 않았어요. 중독성이 100분의 1쯤 되려나. 텔레비전에서 마약 중독을 예방한답시고 내보내는 캠페인을 보면, 우리의 진정한 적을 예방해야 한다는 캠페인은 왜 없는 건지 궁금해진답니다.

내가 살을 빼지 못한 건, 바로 무슨 수를 써도 빠져나오지 못할 만큼 음식에 중독되었기 때문입니다. 내가 먹지 못하도록 하려면 억압복(그것도 XXXL 사이즈)을 입혀야 할 거예요.

내 몸무게가 130킬로그램이 되었을 때, 어머니가 경악을 하며 이렇게 말을 하더군요. "너, 뚱뚱하구나!' 내가 대답했죠. 난 그냥 뚱뚱한 게 아니라 비만한 거라고. "왜 여태까지 난 네가 이런 줄을 몰랐을까?" 어머니가 비명을 질렀어요. 삼중턱을 감추려고 수염을 마구 자라도록 내버려두었으니 그랬을 수밖에요. 면도를 했더니 줄곧 내 자신이었을 웬 모르는 사람의 얼굴이 나타나더라고요.

부모님이 살을 빼라고 명령을 내렸죠. 나는 못한다고 했어요. 그랬더니 "그렇다면 이제부턴 널 식탁에 앉히지 않을 테다. 우리는 네가 자살하는 걸 지켜보는 증인이 되긴 싫다." 이러시는 거예요. 이렇게 해서 나는 외로운 뚱보가 되어버렸죠. 아버지 어머니를 못 본다는 건 아무렇지도 않았어요. 사실, 끔찍한 건 바로 그것이었지요. 뭐가 어떻게 되어도 상관없는 것, 뭐든 다 수용할 수 있다는 것. 사람들은 뚱뚱한 것을 견딜 수 없을 것 같아서 살찌지 않으려 하는 것이라고 생각하고 있어요. 그래요, 그건 견딜 수 없는 일이죠. 하지만 다 견뎌내게 되어 있답니다.

나는 전화나 인터넷으로 주문한 음식을 가져다주는 배달원을 제외하고는 사람을 아무도 만나지 않게 되었습니다. 배달원들은 내 비위를 전혀 건드리지 않았죠. 볼티모어에 사는 다른 뚱보들을 보아왔을 테니까요. 빨랫감은 쓰레기봉투에 모았습니다. 봉투가 꽉 차면 정비소 문 앞에다가 가져다 놓았지요. 어머니는 빨래를 해서 봉투에 담아가지고 같은 장소에 내어놓았습니다. 그런 식으로, 어머니는 나를 안 봐도 되었던 것이죠.

2008년 가을에, 이라크에 주둔한 병사들 사이에 비만증이 퍼지고 있다는 뉴스를 접했습니다. 처음에는 내가 아니라 동생 하워드가 살이 찌겠거니 생각했었죠. 그러다가 비만한 병사들을 부러워하고 있는 내 모습에 깜짝 놀라게 되었습니다. 나를 이해해 주셔야 합니다. 적어도 그들에겐 진지한 이유가 있잖아요. 비만 병사들은 사회적 지위 덕분에 희생자로 분류되었다고요. 그렇게 살이 찐 게 그들의 잘못이 아니라고 생각하는 사람들도 있을 수 있고요. 사람들이 그들을 불쌍히 여길지도 모른다고 생각하니까 질투가 났습니다. 한심하죠, 나도 압니다.

그게 다가 아니에요. 그들의 병에는 어떤 이야기가 깃들어 있었어요. 나는 그것 역시 부러웠답니다. 당신은 내 비만증에도 이야기가 있다고 말하겠죠. 그럴 수도 있어요. 하지만 그 이야기가 나를 비켜간 걸 어쩌겠어요. 사실 내가 비만해진 것에도 이유가 있겠지만, 내 정신에는 인과법칙이 파괴되어 있는 것 같았습니다. 하루 온종일 인터넷만 하고 살다 보니 몇 달 동안 삼킨 음식이 존재하지 않는다는 비현실적인 느낌이 생겨났나 보더라고요. 나는 이야기가 결여된 뚱보였고, 그런 뚱보로서, 위대한 역사에 편입된 그들을 질투하고 있었던 겁니다.

이라크전이 발발했을 때, 나 역시 징집대상이었지만 징병검사에서 비만하다는 이유로 불합격 판정이 나왔습니다. 그때 이미 그 상태였어요! 당시에 나는 뚱뚱하다는 것에 자부심을 느꼈고 바보 같은 동생놈이 파병된다고 좋아서 실실거렸답니다. 그리고 컴퓨터 앞에서 계속된 나의 무위(無爲)는 끝이 날 줄을 몰랐죠. 8년 동안 아무것도 하지 않다 보니 기억 속에는 아무것도 남아 있지 않았는데도 그 세월을 그냥 잊어버릴 수는 없겠더라고요. 그 8년이라는 세월이 내게 100킬로그램이라는 짐을 실어 주었으니까요. 얼마 있지 않아, 나는 비만 병사들의 기사를 보았고, 그 다음으로는 당신을 알게 되었습니다.

거짓말을 결심한 데에는 군인들의 기사와 당신의 존재를 발견한 두 가지 일이 함께 원인으로 작용했습니다. 일단 편지지에 편지를 써서 답장을 한다는 여류작가가 궁금했었죠. 영어로 번역된 당신의 책을 주문해 읽는데, 이걸 어떻게 설명해야 할까요, 그 책이 나에게 이야기를 하고 있었습니다. 이런 말을 하면 나를 욕하겠지만, 거짓말을 지어내야겠다는 아이디어를 준 건 당신 소설 속의 주인공들 중 한 명, 『앙테크리스타』의 크리스타라는 소녀였습니다.

갑자기 나의 비만에 대한 이 새로운 해석이 나를 구원해줄 것만 같았습니다. 꾸며낸 나의 이야기가 현실이 되려면, 밖에 있는 누군가의 지지를 받아야만 했어요. 당신은 그 역할을 맡아주기에 완벽한 인물이었고요. 당신과 편지를 주고받았던 게 나에게 도움이 되었는지 아닌지는 잘 모르겠지만, 내가 그 일을 무척 좋아했다는 것만은 잘 알고 있습니다. 내가 정말 바그다드에 있는 군인이라고 굳게 믿을 정도였다니까요. 당신 덕분에 내가 한 번도 가져보지 못한 것을 갖게 되었지요. 인간으로서의 가치. 당신의 정신 속에서, 나의 삶은 몸을 갖게 되었어요. 당신의 시각을 통해, 나는 살아 있다는 느낌을 받을 수 있었죠. 내 처지로서는 당신의 배려를 받아야 했으니까요. 아무것도 없는 상태로 8년을 살고 난 다음이었으니 그 감동이 어땠겠어요! 얼마나 감미롭던지!

이 상황이 영원토록 계속되기를 바라고 있었는데, 당신이 군복을 입은 사진을 보내달라고 했지요. 그리고 2009년 여름에는 신문마다 이라크 파병군을 철수시킨다는 기사가 오르내렸고요. 원래부터 운이 없던 하워드는 녀석이 소속된 부대가 마지막으로 철수를 하는 바람에 한 열흘쯤 전에야 미국으로 돌아왔답니다. 아무튼 거짓말을 더는 유지할 수 없다는 사실을 알고 난 다음에 내가 할 수 있었던 건 당신에게 편지를 하지 않는 것이었습니다.

하워드가 당신의 편지를 모두 보내주었습니다. 그 편지들을 실제로 보고 만지는 감동이라니! 나는 컴퓨터에 보관하고 있던 내 편지들을 인쇄해 가지고 우리의 편지들을 차례로 철을 했습니다. 그 파일에 어떤 이름을 붙였는지, 혹시 알겠어요? '생명의 한 형태'입니다. 본능적으로 그런 이름이 떠올랐지요. 당신과 편지를 주고받던 십여 개월을 돌이켜 보았죠. 10년 가까이 살아 있지 않던 내게 이 제목은 감동 그 자체였어요. 당신 덕분에 나는 생명의 한 형태에 가까이 갈 수 있었습니다.

이 제목은 기본적으로 아메바나 원생동물 같은 단세포 동물을 연상하게 하지요. 대부분의 사람들은 벌레가 우글거리는 좀 혐오스러운 이미지밖에 떠올리지 못할 거예요. 무(無)를 경험한 나에게는 그것 역시 생명이고 존경할 수밖에 없는 대상인데 말이죠. 그런 형태로 생명을 유지하는 게 정말 좋았었는데. 나는 이제 아련한 향수를 느끼고 있습니다. 편지를 주고받았던 것이 개체 생식 같은 역할을 해 주었어요. 내가 보낸 아주 미세한 존재의 입자를 당신이 읽으면, 그것이 두 개로 분열되고, 당신의 답장으로 인해 다시 분열을 하는 일이 반복되는 거예요. 당신 덕분에 나의 무(無)가 작은 배양액으로 가득 찼어요. 나는 우리가 주고받은 말이라는 수액 속에 몸을 푹 담갔죠. 아무것도 비할 수 없는 기쁨이 느껴졌어요. 뭔가 의미를 갖게 되었다는 착각이었겠지만. 그 의미가 거짓말에서 비롯되었다는 사실조차도 이런 쾌감에 방해가 되지 않았습니다.

우리의 편지가 한때 중단되었던 적이 있었습니다. 편지를 주고받은 기간만큼 우리 사이에 편지가 오가지 않았죠. 그것 역시 좋은 것이었을까요? 이제, 당신에게 모든 것을 다 털어놓았는데 아직도 편지를 주고받으면 생명의 형태가 생겨날까요? 그럴 리가 없겠죠. 당신이 어떻게 나를 믿을 수 있겠어요? 당신이 여전히 관용을 베풀어준다 해도, 내 안의 무엇인가가 고장나 버렸어요. 내가 거짓말을 했다는 사실을 한 순간도 잊은 적은 없지만, 그 거짓말을 쓰면서 느꼈던 그 열정이 나는 정말 좋았습니다. 당신은 작가니까, 더 이상 설명을 하지 않아도 되겠지요. 풋내기일 뿐인 나는 아직도 그 느낌에서 벗어나질 못하겠네요. 그 경험 중에서도 가장 강렬했던 건 내가 지어낸 이야기를 누군가와 나누었다는 것이었어요.

이제 내가 지어낸 이야기는 산산이 부서져버렸습니다. 당신은 비통한 현실을 알게 되었고요. 세상에서 가장 삼엄한 감옥에 갇힌 죄수들도 탈출을 할 수 있지요. 그 감옥이 자신의 비만한 몸일 때에는 어떻게 해도 탈출을 할 수가 없답니다. 살을 빼라고요? 웃음이 나오네요. 내 몸무게는 200킬로에 육박해요. 이런 몸을 줄일 수 있다면, 피라미드도 무너뜨릴 수 있지 않을까요?

자, 질문을 하나 하겠습니다. 이제 내가 살아야 할 이유로는 뭐가 남았나요?

진심을 담아

2010년 2월 27일 볼티모어에서

멜빈 매플

편지의 끝부분이 나를 미치도록 불안하게 만들었다. 멜빈의 광기는 전염성이 강한 게 분명했다. 내가 제꺼덕 워싱턴행 비행기 표를 사버리고 말았으니까. 국제 정보를 이용했더니 멜빈의 연락처를 수월하게 알 수 있었다. 시차를 고려해서 나는 전화번호를 눌렀다. 헐떡거리는 목소리가 전화를 받았다.

"아멜리 노통브라고요? 진짜요?"

"전화기가 있는 데까지 뛰어왔나 봐요."

"아니에요. 전화기는 바로 옆에 있어요. 당신이 전화를 하다니, 꿈을 꾸고 있는 것 같네요."

멜빈은 곧 숨이 끊어질 사람처럼 말을 했다. 비만 때문이리라.

"내가 3월 11일 14시 30분, 워싱턴 공항에 내릴 거예요. 당신을 만나고 싶어요."

"나를 만나러 온다고요? 감동이에요. 내가 공항에서 기다릴게요. 같이 볼티모어로 오는 기차를 타요."

나는 마음이 바뀔까봐 두려워서 전화를 끊었다. 나에게는 나도 모르는 불가사의한 재능이 있기에, 나는 그 여행에 대해 더 이상 생각을 하지 말라고 스스로에게 엄하게 명령을 내렸다. 취소하지 않으려고.

전화기 너머로 들리던 멜빈의 목소리로 미루어 보아, 그는 기뻐하고 있는 것 같았다.

막 출발을 하려고 하는데, 멜빈의 편지가 도착했다. 나는 비행기 안에서 읽을 작정으로 편지를 챙겼다.

 혹시라도 내가 도망칠지도 모른다는 생각에, 나는 보잉 747기가 이륙하기를 기다렸다가 편지봉투를 열었다.

 아멜리에게,

 당신이 나를 보러 온다고요. 정말 근사한 선물입니다. 당신이 편지를 주고받는 사람들 모두를 만나지는 않을 거라고 생각합니다. 하물며 이렇게 멀리 살고 있는 누군가를 만나러 오다니. 내가 무슨 말을 지껄이고 있는 거죠? 당신이 누군가를 위해 이렇게 멀리

생명의 한 형태

움직이다니, 그 누군가가 바로 나라니, 정말 감동했습니다.

그런데, 내가 무슨 이야기를 썼기에 당신이 그런 결정을 내렸는지 궁금해졌어요. 나도 모르게 당신이 나를 불쌍히 여기게끔 내가 무슨 수를 썼나 본데, 그게 그렇게 자랑스럽지는 않네요. 아무튼, 그 수가 먹혔나보죠, 그런 거예요. 뿌듯합니다.

전화로 미리 말했듯이, 로널드 레이건 공항에 당신을 마중 나갈게요. 그런 일이 내게는 아주 대단한 일이라는 걸 알아주었으면 해요. 나는 십 년 가까이 볼티모어를 떠나지 않았어요. 볼티모어를 떠나지 않았다지만, 좀더 정확하게 말하자면 우리 동네를 떠나지 않았다고 해야겠네요. 하긴, 그것으로도 모자라요. 내가 마지막으로 타이어 창고 밖으로 탐험을 나섰던 건, 2008년 11월 4일, 오바마 대통령 선거날이었거든요. 투표를 하러 갔던 거죠. 다행히도 골목만 지나면 투표소가 있었어요. 그런데도 거의 죽을 뻔했지요. 삼복더위 때처럼 땀을 비 오듯 흘리며 돌아왔다니까요. 제일 끔찍했던 건 힘겹게 걷는 게 아니라 다른 사람들의 힐끔거리는 눈초리였어요. 그래서 그렇게 땀을 흘렸던 거죠. 그래요, 요즘도 마찬가지예요. 미국에서 비만이라는 전염병에 걸리면 다른 사람들의 눈길을 피할 수 없어요. 몸무게가 150킬로그램쯤 나가는 대통령은 언제쯤 나올까?

아무튼 당신을 마중하러 워싱턴 공항에 나가는 건 원정 탐험이 될 거예요. 내가 불평하는 것이라고 생각하지는 말아주세요. 나를 보러 바다를 건너오는 당신에게 그건 너무한 짓일 테니까요. 그저 이 사건이 얼마나 중요한지를 내가 잘 알고 있다는 말을 하고 싶었던 것뿐입니다. 세상이 반쪽이 난다 해도, 공항에는 꼭 나가겠습니다. 3월 11일 14시 30분. 내 사진을 봤으니까, 당신이 날 알아볼 수 있을 거예요.

여기에 얼마 동안 머문다는 이야기는 하지 않았더라고요. 오래 있다가 가면 좋겠어요. 원한다면 우리 집에서 자도 됩니다. 어머니에게 전에 내가 쓰던 방을 치워 달라고 하면 되거든요.

기다리고 있겠습니다.
진심을 담아
2010년 3월 5일
멜빈 매플

나는 이 편지가 마음에 썩 들었다. "나도 모르게 당신이 나를 불쌍히 여기게끔 내가 무슨 수를 썼나 본데……"라는 부분이 특히 좋았다. 말 그대로 장문의 편지에 부모한테 두들겨 맞고 있다거나, 어렸을 때 학대를 받았다는 등의 이야기를 늘어놓으면서 '당신이 나를 불쌍히 여기게끔 내가 유도한다고 생각하지는 말아주세요.' 라는 말을 덧붙이는 흔하디흔한 편지들과는 아주 달랐다.

언제나 그래왔듯이, 나는 창가 쪽 자리를 확보했다. 비행기를 타면 나는 늘 비행기 창에서 떨어질 줄을 모른다. 사소한 구름 한 점마저도 흥미롭게 보이는 것이다. 그러나 이번에는 하늘 풍경 감상에 빠져 있을 수가 없었다. 나의 뇌 한 구석에 뭔가 찜찜한 것이 있었다. 신발 안에 들어온 작은 돌멩이처럼.

대서양 한가운데에서 머릿속의 돌멩이가 목소리를 내기 시작했다. "아멜리 노통브, 지금 네가 뭘 하고 있는 건지 설명을 좀 해 줄래?" 나는 위선적인 대답을 했다. "이거 왜 이래, 나는 미국에 있는 친구를 만나러 가는 거야. 그리고 난 내 결정에 책임을 질 줄 아는 어엿한 어른이라고." "그게 아니라니까! 사실을 말해 줄까, 넌 여덟 살 때

이후로 변한 게 하나도 없어. 넌 네가 무슨 신비한 힘을 부여받은 사람인 줄 알지? 네가 멜빈에게 손을 대기만 하면 그의 비만증이 나을 거라고 생각하는 거잖아!" 나는 양손으로 귀를 틀어막았다. "그래, 잘하고 있는 거야, 뭐라고 정확히 표현할 수가 없겠지. 넌 논리적인 건 말뿐이라고 생각하는 사람인데, 그 생각을 아직 말로 표현할 수 없는 거야, 그 밑에 있는 생각은 네가 매플을 구원할 거라고 믿고 있는 건데 말이야. 구체적으로 어떻게 해야 할 줄도 모르면서. 그게 아니라면 그저 편지 상대였던 누군가를 만나겠다고 미국까지 달려가는 이유를 설명해봐!" "그야, 멜빈이 친구라고 느껴지기 때문이지. 적어도 멜빈은 역언법(중요 부분을 생략함으로써 오히려 주의를 끄는 생략법―옮긴이)에 의존하지는 않거든." "역언법을 쓰지 않았다고 해서 대서양을 건너는 거란 말이야? 정말 웃기는군!" "그게 그렇지가 않아. 역언법을 쓰지 않는 사람을 만난다는 게 얼마나 드문 일인데. 나는 말이지, 의미론적인 확신이 있다면 아무리 먼 곳도 마다하지 않는 사람이거든. 나에게 언어란 가장 차원이 높은 현실이란 말이야." "가장 차원이 높은 현실이라, 그게 볼티모어 타이어 창고에서 거짓말쟁이 뚱보를 만나는 거라, 이거지. 꿈 깨. 이게 다 역언법을 쓰지 않아서라니. 그럼, 외몽고에 사는 사람이 접속법 시제를 하나도 틀리지 않고 일치시키거나, 아주 흥미로운 자동사 개념을 펼치면, 그 사람을 만나러 울란바토르까지 가겠네?" "그런 어이없는 이야기를 하는 이유가 대체 뭐야?" "그러는 넌, 이 여행을 하는 이유가 뭔데? 네가 기적같이 짠 나타나서 그 불쌍한 정신병자를 도울 수 있다고 생각하는 이유가 대체 뭐냐? 만약에 그 친구가 자기 처지를 벗어나고 싶어 한다면, 그런지 아닌지는 확실히 모르겠지만, 그 상황에서 그 친구를 끄집어낼 수 있는 건 네가 아니야. 혹시 시간을 낭비하고 싶은 거라면 상관없지만. 그런데 그 친구랑 같이 있으면 불편할 것 같지 않아? 서로 편지를 주고받은 것밖에 없잖아, 무슨 이야기를 할래? 그 뚱보랑 같이 있어봐. 공항에서, 또 기차 안에서, 그다음엔 택시에서, 그리고 그 친구 집에서 장장 몇 시간 동안 침묵이 계속될 거야. 지옥 같을걸. 할 말이 없으니 그 친구의 비곗살들을 멀뚱멀뚱 쳐다볼 수밖에 없을 테고, 그 친구도 네 시선을 느끼게 되면, 양쪽 다 괴로워지는 거라고. 왜 그런 고통을 자초하고 그 친구를 괴롭히려는 거야?" "꼭 그런 식이 아닐 수도 있잖아." "그래, 더 나쁠 수도 있어. 넌 십 년 동안 피자 배달원한테밖에는 말을 해 본 적이 없는 프로그래머를 만나는 거야. 두 사람이 볼티모어에 도착하면, 너무나 불편해진 그 친구가 널 상대하지 않으려고 컴퓨터 앞에 앉아버리는 거지. 그 친구는 정상이 아니야, 그런 인간을 만나 보겠다고 기어코 그리로 가는 넌 더 비정상이고. 넌 네 스스로를 궁지에 몰아넣었어. 잘 해 보라고, 한심한 정신병자 같으니."

비정한 목소리가 뚝 그쳤다. 내가 저지른 잘못을 철저하게 깨달은 나를 내버려둔 채.

그랬다, 이 여행을 하겠다는 아이디어는 하나의 재난이었다. 이제 확실하게 알 수 있었다. 어떻게 하지? 물러설 방법도 없었다. 어떻게 하면 이 비행기가 목적지에 도착하는 걸 막을 수 있나? 어떻게 하면 멜빈 매플이 기다리고 있는 문을 통과하지 않고 공항을 빠져나갈 수 있지? 불가능해!

승무원이 승객들에게 연두색 종이를 나누어주었다. 단 세 시간을 머물더라도 미국땅을 스쳐 지나가는 사람들은 모두 그 종이를 받아야 했다. 그 종이를 처음 보는 사람들은 단 한 사람의 예외도 없이 답을 요구하는 질문들에 탄성을 내지른다.

"당신은 테러 조직에 소속된 적이 있거나, 현재 소속되어 있습니까?"

"당신은 화학 무기나 핵무기를 소지하고 있습니까?"

이같은 질문 외에도 전혀 예상치도 못하던 질문들이 죽 나열되어 있고 그 옆에는 '네', 혹은 '아니오'로 체크하게끔 작은 네모가 그려져 있는 것이다.

질문을 읽은 사람들은 웃음을 터뜨리며 동행에게 이렇게 말한다. "내가 '네'에 체크를 하면 어떻게 될까?"

그러면 항상 누군가가 나서서 그런 말을 하는 사람들을 단호하게 말린다. "미국의 보안문제를 가지고 장난을 치면 안 됩니다."

결국에는 마구 흥분해서 떠들던 사람들조차 장난을 치고 싶은 욕구를 참아낸다.

연두색 종이의 내용을 모두 외우고 있는 나는 평소처럼 답을 하려고 마음을 먹고 있었다. 그런데 갑자기 이런 생각이 떠올랐다. "아멜리, 멜빈 매플을 만나지 않을 수 있는 유일한 방법은 엉뚱한 칸에 체크를 하는 거야. 그럼 미국 법정으로 소환될 테니까. 어떤 게 더 낫겠어? 거짓말쟁이 뚱보와 함께 워싱턴에서 볼티모어까지 기차를 타고 갈래, 아니면 미국 경찰들을 상대하면서 골치 아픈 일을 견뎌낼래?"

살다 살다 이런 최후통첩은 처음이었다. 나는 비행기 창을 통해 환상적인 하늘을 쳐다보았다. 이미 나의 선택을 알고 있는 하늘을. 내 결심은 이미 서 있었다. 고민을 하고 자시고 할 문제가 아니었다. 나는 황홀경에 빠져 미친 짓을 저지르고야 말았다. "당신은 테러 그룹에 소속되어 있습니까?"라는 질문 아래 '네' 칸에 체크를 해버린 것이다. 쓰러질 것만 같았다. "화학무기나 핵무기를 소지하고 있습니까?" '네.' 귀가 멍멍해졌다. 그리고 다음 질문도 마찬가지.

정신이 반쯤 나간 상태에서 얼이 빠진 채로 나는 하나하나가 모두 자살행위와도 같은 '네' 칸에 체크를 했다. 그리고 내가 지구상에 존재하는 공공의 적 제1호라는 사실을 자백하는 문서에 서명을 해서 여권 사이에 끼워 넣었다.

이 단계에서라면 돌이킬 수 없는 것도 아니었다. 승무원을 불러서 잘못 쓴 척 종이 한 장을 더 달라고 하면 되니까. 당치도 않은 대답에 체크를 한 종이는 찢어버리면 그만이었고 그럼 아무 일도 없을 터였다.

그러나 내가 그렇게 하지 않으리라는 것을 난 잘 알고 있었다. 세관에 그 미친 종이를 줘버리고 말리라는 것을.

그 다음에 일어날 일에 대해서는 정확히 알 수 없었다. 어마어마하게 곤란한 일을 당하게 되리라는 것 외에는. 당국에서는 나를 관타나모 수용소로 보내겠지. 그 수용소를 폐지하겠다고 공언했던 것도 같지만, 미국 사람들이 어떤 사람들인가. 틀림없이 다른 어딘가에 그에 버금가는 수용소를 지어놓았을 것이다. 나는 죽을 때까지 감옥에 갇히는 거다.

이게 다 멜빈 매플과의 만남을 피하기 위해서일까? 말도 안 되는 소리! 아멜리, 너는 네가 늘 원하던 네 운명을 결정한 거야. 네가 저지른 수많은 잘못들에 대해 벌을 받는 거라고 생각해? 그런 점도 있겠지. 하지만 그게 다가 아니야.

글을 쓰기 시작한 때부터, 네가 추구하던 게 뭐였니? 그렇게 오랫동안 그렇게 열렬하게 바라던 게 뭐였냐고? 너에게 글을 쓴다는 건 어떤 거지?

너도 잘 알고 있잖아. 네가 매일같이 신들린 사람처럼 글을 쓰는 건, 탈출구가 필요해서야. 너에게 작가로 산다는 건 출구를 찾는 걸 의미하잖아. 절망스러울 정도로 간절하게 말이야. 네가 그걸 찾도록 만든 건 네 무의식에 숨어 있던 역언법이야. 비행기 안에 앉아서 도착을 기다렸다가 서류를 세관에 넘겨. 그럼 견디기 어려운 네 인생은 끝이 나는 거야. 그렇게 넌 네 근본적인 문제, 즉 네 자신으로부터 자유로워지는 거라고.

| 역자의 말 |
편지는 나의 힘

 바그다드에 주둔한 미군 병사가 아멜리 노통브에게 편지를 보낸다. 바그다드 주둔 병사들 사이에 서서히 퍼져 나가는 질병, 바로 비만증을 앓고 있다는 그의 이야기에 아멜리 노통브는 갈수록 매료되어 간다. 단식투쟁과 정반대되는 폭식투쟁, 살덩어리의 형태로 짊어진 죄, 한 사람 분의 몸무게로 상상해낸 세헤라자드…… 숲을 사랑한다면 앞뒤로 채운 A4 용지 한두 장 이상의 편지를 쓰는 낭비를 하지 말아야 한다고 강력히 주장하는 아멜리이지만, 이상하게도 멜빈 매플의 긴 편지는 용서가 된다.
 세 배로 불어난 몸으로 고향에 돌아갈 일이 걱정인 매플에게 아멜리는 비만한 몸을 바디아트로 승화시켜 보라는 제안을 한다. 일사천리로 일이 진행되어 가는 듯하는 중에, 화랑측에서 군복을 입은 사진을 요구하자 멜빈 매플은 자취를 감춘다. 수소문하던 아멜리의 앞에 펼쳐진 진실은 상상하지도 못한 것인데……

2010년에 발표한 『생명의 한 형태』는 언론과 독자들의 진심어린 호평을 받은 작품이다. 작가 일생의 한 부분이라고 해도 좋을 편지 쓰기에 대한 열정, 변함없는 관심의 대상이었던 거식증과 비만, 사기, 글쓰기에 관한 이야기를 세련되게 풀어내었다는 평이 자자했다. 이전 작품에서 엿볼 수 있듯이 아멜리 노통브에게 거식은 어른이 되지 않기 위한 수단이었으며 폭식은 죄책감의 표출이었다. 소설 전반부에서는 멜빈 매플 역시 죄책감과 전쟁에 대한 반감을 표출하기 위해 폭식을 택한 것처럼 보인다. 그러나 후반부에 이르면, 이미 비만해진 몸이 감당해야 하는 삶의 무게, 아직 생명이 있음을 증명해 보이기 위해 선택한 '생명의 한 형태'가 무엇인지 이야기되고 있다.

소설의 큰 줄기를 편지로 잡아간 것도 대단히 매력적이다. 편지봉투의 필체, 우표, 편지를 열기 전의 두근거림. 이메일과 문자의 홍수 속에 잊혀졌던 이런 작은 기쁨들이 글을 통해 은밀히 전달된다. 물론 작가가 말하고 싶은 것은 그런 소소한 것만이 아니다. 작가의 글쓰기의 원천으로서의 편지, 편지의 이면에 숨길 수 있는 기만, 그리고 인간의 진면목…… 하루도 빠짐없이 서너 시간을 바쳐 독자들에게 친필 답장을 쓴다는 '편지의 대가'의 편지에 관한 소론이 펼쳐진다.

"이제 면역이 되었을 만도 한데, 아직도 노통브의 소설을 읽고 놀라게 된다는 사실이 놀랍다."는 프랑스 현지 언론의 평처럼, 후반부에는 상상 외의 반전이 숨어 있다. 그리고 마지막으로 작가는 자신이 글을 쓰는 이유를 절규처럼 쏟아내고 있다. "너도 잘 알고 있잖아. 네가 매일같이 신들린 사람처럼 글을 쓰는 건, 탈출구가 필요해서야. 너에게 작가로 산다는 건 출구를 찾는 걸 의미하잖아. 절망스러울 정도로 간절하게 말이야."

"오늘 아침, 나는 새로운 유형의 편지를 받았다."라는 깔끔한 단문으로 시작하는 짧은 이야기 속에 이토록 많은 이야기를 담아낼 수 있는 것이 바로 아멜리 노통브의 힘이다. 그 힘을 바로 자신을 아끼는 독자들로부터 얻는다니, 역자이기 이전에 한 사람의 독자로서 왠지 모를 뿌듯함이 느껴진다면 반응이 너무 과한 것일까.

허 지 은